The Return of the Young Prince

小王子归来

A.G.Roemmers

[阿根廷] A.G. 罗默斯 / 著

徐 蔚 / 译

人民文学出版社

著作权合同登记号　图字 01-2012-5942

图书在版编目(CIP)数据

小王子归来/(阿根廷)罗默斯著;徐蔚译. —北
京:人民文学出版社
ISBN 978-7-02-009473-8

Ⅰ.①小… Ⅱ.①罗… ②徐… Ⅲ.①童话-阿根廷-
现代 Ⅳ.①I783.88

中国版本图书馆 CIP 数据核字(2012)第 198013 号

THE RETURN OF THE YOUNG PRINCE
by A. G. ROEMMERS

特约策划:彭　伦　姚云青
责任编辑:胡真才
装帧设计:李　佳

小王子归来

[阿根廷]A. G. 罗默斯 著 徐蔚 译
人民文学出版社出版
www.rw-cn.com
北京市朝内大街 166 号　邮政编码:100705
山东德州新华印务有限责任公司印刷　新华书店经销
字数 60 千字　开本 787×1092 毫米　1/32　印张 3.75
2014 年 2 月北京第 1 版　2014 年 2 月北京第 1 次印刷
ISBN 978-7-02-009473-8
定价:20.00

序言

布鲁诺·达盖

几年前在一次短暂的布宜诺斯艾利斯之行中,我有幸认识了亚力杭德罗·吉列尔莫·罗默斯。我曾经对我的堂兄弟、圣埃克苏佩里的侄子弗朗索瓦和让·达盖提起过,想要追随圣埃克苏佩里这位当年参与创建阿根廷与智利航线的飞行员的行迹,而他们立刻就给了我罗默斯的地址,让我和他联系。我一到阿根廷就给他打电话,我们相约共进晚餐,席间我第一次听说《小王子归来》一书。

我们聊了整整一晚上,我离开时随身带了一本他的样书,准备开始我在巴塔哥尼亚与安第斯的漫长旅程。

当我打开书本准备阅读时,我看到一篇当时的安托万·圣埃克苏佩里基金会主席,圣埃克苏佩里的侄子弗雷德里克·达盖为该书的阿根廷初版作的序言,其中说道:"亚力杭德罗·罗默斯始终保有一颗童心;他希望在这部作品中与我们分享自己在阿根廷遇到这位小王子的经历,以唤起我们对诗意与真情的关注。"

我的亲戚弗雷德里克说得没错。罗默斯既是知名的诗人，同时也是一位忙碌的商人，他四处旅行，经常受到各方邀请去推广他的书并阐述他的理念。他频频拜访各个小学、中学、大学……向大家弘扬他的信念：感谢教育、信仰、勇气、自我牺牲，它们使我们能够摆脱贫困、无知与怀疑。除此之外，他尤其强调爱的魔力，它帮助我们与如今世界价值观的缺失相抗衡。

本书为我们讲述了小王子在巴塔哥尼亚荒漠上的旅程。一个大人在一个荒无人烟的地方遇到了小王子，与这个孩子之间的对话令这位大人学会了不止看事务的表面。最后，小王子改变了他，也改变了其他人对他的看法。《小王子归来》一书以浅显易懂的方式提出最深刻的哲学问题，它是青春的征程，也是迷失方向的成年人的归处。

有时候，《小王子归来》看起来就像是一份二十一世纪的现代教义问答，在一个政治体制僵化，教育系统希望匮乏的社会，由一位追求剧变的作者所写就。

本书令我们重拾那些永不应丢弃的原则：友谊、博爱、教育、家庭……这些原则共同构筑了现代文明社会。

诗人作者笔下的主人公令我们想起了那些为航空事业

增光的飞行员们，尤其是他们的伟大先驱，安托万·圣埃克苏佩里。他们以自己的勇气、自我牺牲、对世界的认识，有时甚至以生命为代价，为我们指明了前进的道路。

《小王子归来》也照亮了我们的道路，帮助我们发挥爱的魔力。爱，能够改变一切。

（姚云青　译）

前言

在这个饱受战争蹂躏，生活中的一切纯真和快乐急速丧失的世界上，喜欢冒险的法国飞行员圣埃克苏佩里出版了《小王子》这本书。它很快成了那些失落价值观的普遍象征。

与其说是敌人的炮火，倒不如说是所处时代内心精神和纯真的明显丧失，使圣埃克苏佩里感到异常悲痛与失望，导致他坠入地中海，英年早逝。

和许多读过《小王子》的人一样，我也体味到了它简单朴素的寓意。当那个深深打动我内心的小主人公不得不回到自己的小行星时，我对圣埃克苏佩里的忧伤也同样感同身受。

直到后来，我才明白，仇恨、无知、激化的民族主义、团结意识的缺乏、对待生活的功利主义以及许多其他威胁的存在，使得小王子根本就无法在我们的星球上生存。

很多次我也自问（也许就像您一样），如果这个特别的孩子如今生活在我们身边，他将变成什么样子？他将如何度过自己的青少年时期？他将怎样保持自己的纯洁心灵不受污染呢？

我想了很多年才知道如何回答这些问题。即便如此，可能我找到的那些答案也只能令我自己信服。但是，也许（这也是我所希望的）它们能在某种程度上阐释存在于我们每个人心中的那个孩子的部分作为。

亲爱的读者，这就是为什么，在一个新世纪和新千年之初，我敢于抱着一种对我们所处时代更乐观的态度著文给您，以帮助您变得更快乐。

假如您期盼书中会有照片，很抱歉，我不能满足您这方面的好奇心。事实上，自从注意到我的朋友们都太专注于图像而不再重视我写的故事开始，我已经好多年没有在旅途中随身携带相机或者录像机了。然而我确实希望在书中加入一些插画，使故事显得不那么枯燥。在几次为成人和孩子们画出满意插图的尝试失败之后，我决定向我的朋友劳瑞·哈斯汀求助，为我重现出几幕令我印象最为深刻的场景。

请不要让劳瑞的画笔阻碍您的想象。劳瑞没有去过巴塔哥尼亚，也没有亲眼见过我故事中这位神秘的小主人公，但也许那些插画以及我的文字，能帮助您理解我想要表达的思想，就像小王子能够透过盒子看到羊一样……

　　同时，亲爱的读者，我也希望您能谅解，我在文中不时地插入事件发生时我的想法和思考；而且，我一直想通过复述这个故事来确认我当时确实产生过那些念头。

　　接下来，我将要把所发生的故事原原本本地告诉您。

　　如果您觉得孤单，如果您的心灵依然纯净，如果您的双眼现在还能感受到孩童般的惊奇，那么当您在读这本书时，您会发现，星星再次对您展开了笑魇，他们就像是五亿只铃铛，您会听到他们悦耳的声音。

在巴塔哥尼亚（据说，这片土地因有一个巨大的脚印或者说是"爪印"①的土著部落而得名）一条偏远的高速公路上，我正往南行驶，突然看到路边有一包奇怪的东西。我本能地放慢车速，看到一束金色的头发从一块蓝色的毯子下露出来，下面隐约躺着个人，这令我非常惊讶。我停下车，踏出车门，完全被眼前看到的景象惊呆了。在这个光秃秃的、没有房子、没有栅栏甚至看不到一棵树，离最近的村庄也还有好几百公里的地方，居然有个年轻人正安详地睡着，纯真的脸上没有一丝忧虑。

被我误认为毛毯的东西，实际上是一件有肩章的蓝色

长斗篷，躺在下面的人穿着一条侧边有紫色滚条的白裤子，有点像马裤，裤脚则塞进一双锃亮的黑皮靴里。

这身装扮令他有一种王子般的派头，和这个高纬度地区格格不入。他脖子上的麦色围巾在春风中自由飘扬，不时地和他的头发缠在一起，使他显得忧郁而迷人。

我在那儿站了一会儿，被眼前这个让我无从解释的神秘人物惊呆了。即使是呼啸而下的山风，似乎也不忍将灰尘吹落在他身上。

显然，我不能把他一个人留在这偏僻的地方睡觉，没吃没喝，无依无靠。但虽说他的面目丝毫不吓人，我也得克服后天养成的不愿接近陌生人的习惯，走到他身边。我艰难地将他抱起来，安置在副驾驶座上。

他居然没有被弄醒，这让我一度怀疑他是否还活着。他那微弱但平稳的脉搏证明他并没死。当我把他无力的手重新放到座位上时，我想，要不是我深受固有观念的影响，认为天使总应该有翅膀，我会相信眼前的他就是一位下凡的天使。后来我才明白，这男孩当时已经精疲力竭、疲惫不堪了。

很长一段时间，我都在思考：大人们怎么会告诫我们，

---

① "爪子"在西班牙语中为"Pata"，这也是巴塔哥尼亚（Patagonia）的起首字母。

要自我保护，远离陌生人，甚至让我们以为，触摸别人或直视他人的眼睛，会令人不舒服或感到恐惧。

"我渴了。"年轻人突然开口说道，吓了我一跳，因为我几乎已忘了车上还有别人。即使是轻声地说话，他那清晰的声音也像他要喝的水一样，清澈透明。

像这种需要三天时间的长途旅行，我总是会在车上准备一些软饮料和三明治，这样，除了加油外，我就不用停车了。我递给他一瓶水，一只塑料杯子和一个锡纸包着的牛肉番茄三明治。我自己也默默地吃喝，同时，脑海里冒出一连串问题：你从哪里来？你怎么到这里的？你躺在路边做什么？你有家人吗？他们在哪里？诸如此类的问题。由于我是急性子，好奇心很强，又有一副热心肠，所以直到今天，我还庆幸自己当时能够在那漫长的十分钟里保持沉默，等待那男孩恢复元气。而他呢，喝着饮料，吃着东西，仿佛被遗弃在半沙漠地带躺上半天之后，有人来给你一份饮料和一个三明治，是世界上最平常不过的一件事。

吃完后，他道了声"谢谢"，又重新靠在车窗上，好像那两个字就足以打消我所有的疑虑。

过了一会儿，我意识到我还没有问他要去哪里。因为我是在路的右边发现他的，所以我就以为他要往南去，但事实上，他更可能是想往北走，去首都。

显然，我们很容易想当然地认为别人跟我们走同一个方向。

当我再转过头去看他的时候，已经太晚了，他又进入了梦乡。新的梦境已经把他带到了很远很远的地方。

二

　　我要唤醒他吗？不，因为我们必须继续前进；不可能就这样停在那儿，而且，我们往南还是往北走，这点并不重要。

　　我加速前进。这次与往常不同，我不用浪费时间和生命去琢磨走哪条路。

　　我陷入沉思。过了好久，我突然感觉一双闪闪发亮的蓝眼睛正好奇地注视着我。

　　"你好！"我说道，迅速转头朝这个神秘的年轻人看了一眼。

　　"我们坐着的这台机器是什么？"他问，双眼同时往车里四处打量。"它的翅膀在哪里？"

　　"你是指这辆车吗？"

　　"车？它不能离开地球吗？"

　　"不能。"我答道，他的问题打击了我对汽车的自豪感。

　　"它也离不开这条灰色的东西吗？"他的手指向车前的雨刮器，这又让我意识到自己的局限。

"这条灰色的东西叫高速公路，"我向他解释道，心里不禁纳闷：这个孩子究竟是从哪里来的？"如果我们以这个速度驶离高速公路，会出车祸丧生的。"

"高速公路总是这么霸道吗？这是谁发明的？"

"人类。"

面对这些如此简单的问题，我却似乎很难给出答案。这个浑身洋溢着纯真气息的年轻人动摇了我所继承的信仰体系的根基。他是谁？

"你从哪儿来？"我问他，"你是怎么来到这里的？"不知为什么，他看上去很面熟。

"地球上有很多高速公路吗？"他没搭理我的问题，又问道。

"是的，多得数不清。"

"我去过一个没有高速公路的地方。"这个神秘的年轻人说道。

"但是，那边的人会迷路。"我评论道，感觉越来越好奇，想知道他是谁，来自哪里。

"但是，当地球上没有高速公路时，"他淡然地说，"难道人类不会看天象认路吗？"他透过车窗抬头往上看。

"夜晚，"我喃喃自语道，"星星也许能给我们指路。

但白天，阳光很强时，我们就看不见星星了，会有失明的危险。"

"啊，"年轻人说道，"盲人勇于看其他人不敢看的东西。他们肯定是所有人中最勇敢的。"

我不知道该怎么回答，我们两人沉默下来，汽车继续行驶在这条专横的灰色公路上。

三

过了一会儿，我还是想弄明白他的来历，我猜他是因为害羞才不回答我的问题。

"发生了什么事？你可以跟我说说。如果你需要的话，我很乐意帮助你。"但是年轻人继续保持沉默。"你可以相信我。告诉我你的名字和你遇到的问题，"我不想放弃，继续说道。

"我的问题？"他终于开口说话了。

"嗯，是啊。"我微笑着说，试图融洽一下谈话气氛，使他感觉更自在些。"当你发现自己躺在荒郊野外的路边时，显然是遇到了难以解决的问题。"

思考片刻后，他问了一个令我惊讶的问题。

"到底什么是'问题'？"

我笑了出来，觉得他可能是在嘲笑我。

"什么是问题？"他坚持问道，显然迫切地想知道答案。由于我还没从惊讶中回过神来，我以为他可能没明白我的问题。

即便用不同的语言说，这个词的发音都差不多。我还是试着用其他语言把这个词说了几遍，"问题，问题"，希望他能听懂。

"我听到这个词了，"他打断我说，"但是能请你解释一下它的意思吗？"

我使劲地想，却怎么也想不起词典里是怎么定义这个词的。我简直不敢相信：生活在一个问题重重的世界中，这个年轻人竟然不知道问题为何物。最终，在他那锐利目光的凝视下，我只能搬出自己的理解。

"问题就像一扇门，而你却没有开门的钥匙。"

"那当你有问题的时候，你怎么做？"年轻人问道，对这个话题越来越感兴趣。

"嗯……"我一边思考，一边说，"首先，你得弄明白这个问题是否真的是你自己的问题。也就是说，它是不是成为了你前进的障碍。弄清楚这点至关重要，"我解释道，"因为我知道有很多人，别人并没有向他们求助，却喜欢去多管闲事。那样既浪费时间和精力，也妨碍了别人去解决自己的问题。"

我看见他点点头，表示赞同我的话。我说的是一个显而易见的事实，许多成年人却难以接受。

"如果是自己的问题呢？"他转向我，继续问道。

"那你就先得找到那把合适的钥匙，然后准确地将它插入钥匙孔。"

"听上去很简单。"年轻人说，再次点了点头。

"一点都不简单，"我说，"有些人找不到钥匙，不是因为他们缺少想象力，而是因为他们不会多试几次自己手头的钥匙，有时候甚至连一次都不试。他们希望有人把合适的钥匙直接放到他们手里，甚至希望有人来帮他们开门。"

"他们都有能力打开那扇门吗？"

"如果你坚信你可以，那么十有八九你就能打开门。但是如果你不相信自己有这个能力，那么我几乎可以肯定你开不了门。"

"那些没能打开门的人会怎么样呢？"

"他们必须一遍遍地尝试，直到成功地打开为止。否则，他们将永远都不会发现自己到底有多大的潜力。"接着，我边想，边补充道："沉不住气、强行撞门而伤害到自己或将所有的麻烦归咎于那扇门都是没有用的。我们也不能就此放弃，甘愿住在门这边，而此后却不断幻想门那边会怎样。"

"难道非得打开那扇门吗？"年轻人坚持问道，好像在抗拒着什么。

"恰恰相反！"我大声说，"人类培养了一种强大的为自己开脱辩解的能力。你可以把自己的失败归咎于缺乏兴趣，缺乏教育，或者以前可能遭受过的苦难。由于门的那边可能有潜在的危险，你也可以说服自己，不跨过那道门槛是正确的。你也可以说点风凉话，声称自己对于门的另一边不感兴趣。这些话都只是在掩饰你因失败而感到的痛苦。问题一天不解决，就会变得越来越难解决，而你解决问题的能力也就会越来越小。换句话说，你把问题拖得越久，这个问题就变得越严重、越难以解决。"

我觉得年轻人的抗拒心理渐渐松懈下来，但是看到他脸上还笼罩着悲伤和无奈的神情，我接着说了下去。

"所有这些都会令人不快乐。我们需要勇气来成长和改变，以获得精神上的成熟和满足。必要时，无论多少次，我们都必须自愿舍弃舒适的状态，去面对问题，直到圆满地解决它，直到能够穿过那扇门，继续前进。"

"那么，我要怎么做，才能找到那把合适的钥匙？"他紧接着问道，甚至都不给我时间让我自我陶醉一下，满足于自己能够巧妙地将问题与门作类比。显然，他欣赏不了其中的妙处。

这时，我不得不减速行驶，准备超过一辆满载着牛的卡车。我瞥了一眼油量表，突然担心汽油可能不够撑到几千米外的加油站。很遗憾，我不得不放慢车速以节省汽油，后悔自己怎么一直没有在车里安装一个现代电子装置来精确计算耗油量。但是，值得安慰的是，有一辆大卡车会一直跟在后面，于是，我满面笑容地超过了它，而卡车司机也以按喇叭来愉快地回应我。在巴塔哥尼亚，路上与人相遇一直以来都是一件快乐的甚至是幸运的事。因此，按喇叭打招呼已经成为当地人一种既定的惯例。

"我怎样才会找到正确的钥匙？"年轻人无视我的思考，坚持问道。显然，他一旦提出一个问题，就非得找到答案不可。

"就是这样！"我大声说，试着掩饰自己隐隐的恼怒：开了这么久的车，我感到很累。"我是说，只要你一遍又一遍地自问，你就会找到答案。如果你不断地用自己手边所有的钥匙去试，最终，你会成功地打开门。"

我想：如果接下来几天，你继续问同样的问题，我肯定会被逼疯的。而我的内心有个微弱的声音说：这是绝对正常的。

四

　　因为当初我鼓励他坚持问问题，所以任何事都不能阻止那个年轻人刨根问到底。因此我决定，既然路途遥远乏味，只要不把它当作是讯问，而是将其变成一种游戏来自我娱乐，这样奇特的谈话也许也是种不错的消遣。说也奇怪，一旦看法改变了，疲劳就像变戏法似的顿时消失了，我觉得自己充满活力，很想尽情放飞自己的想象。

　　"你说，"年轻人坐回到座位上休息，突然接着问道，"单有钥匙是不够的，还得找到正确的方法使用它。我怎样才能找到那个方法呢？"

　　"的确，"我的精力恢复了，就开始说话，并用手势来加强语气。"最好的解决问题的方法，是不把它看成一个问题，而只是一个困难或挑战。当然，它还是同样的那个障碍，但你却看到了它积极的一面。这样，你必定会感谢上帝让你时不时地遭遇一些困难。"

　　"为遇到困难而感恩？"年轻人疑惑地问道。

　　"是的，因为克服困难可以让你成长，并且朝着完美的方向不断使自己进步。如果从这个积极的角度来看待生活中的障碍，你就会少花些时间抱怨，并且生活得更充实。"

见年轻人听得很专心，我就没有停下来，继续说道：

"当你碰到困难时，你要做的另一件事，就是承认它，从不同角度观察它，或者分析这个困难，把它分成几个较小的部分，几个较小的困难。"

年轻人沉思着点点头说：

"我不得不一步一步地解决一个重大的困难。"

"什么困难？"我非常好奇地问道。

"一下子到达地球是不可能的……"他的话，让我惊讶得合不拢嘴，"这就是为什么我必须把这旅程分成七段，分别在七个小行星上作短暂停留的缘故。"

我想，即使他疯了，也拥有非常疯狂的想象力。

接着，我们沉默了片刻，他似乎沉浸在回忆里。

"在旅途中，我遇到一个人，他有个问题没法解决。"

"嗯，是吗？"我心不在焉地问。

"他是一个酒鬼，以喝酒来忘记过去。"

"忘记什么？"我未经思索地问道。

"忘记他自己满心的羞耻和内疚感。"

"为什么？"我想知道原因。

"因为他喝酒。"年轻人补充道，讲完了这个令人困惑的循环论证式问题。

"内疚感，"我说，"让我们止步不前，妨碍我们解决很多问题。承担责任会使这种感觉消失，然后我们可以更积极地采取行动，例如补偿已造成的损害，或者如果可能的话，纠正所犯的错误。或者只是继续下去，避免再犯引起内疚感的错误。"

"但是，如果你做错了事，"他反驳我说，"你怎么会不感到内疚呢？"

"内疚并没有帮助那位醉汉。是这种无效的惩罚使他筋疲力尽。他执意于这种惩罚，只是因为他不再关爱自己了。你有没有问，当初他为什么开始喝酒？"

"没有，"年轻人犹豫地说。当我终于意识到，找出他没有问的问题的答案，可能比找一个不为世人所知的法老墓还难，我觉得自己可以偷着笑了。

"孤独，不被人所爱，某种挫折感……我不知道起因是什么，但是毫无疑问，他的嗜酒只是一个结果。你看，这就是一个活生生地被困难压倒的例子。"

"我曾经那样子看他是多么的幼稚啊！"年轻人遗憾地

叹道。"也许我对他的关爱就是那把钥匙,可以开启他从未通过的那扇门。"

我补充说道:"假如我们不再评判自己和他人,假如我们不再抱怨各种不便,折磨自己,总是疑惑自己是否应该遭受那些必须面对的困难,或是否早该避开那些困难,而是恰恰相反,运用我们自己的技能去解决问题,并且接受既定的局面,那么我们的生活将会变得更美好。"

看到年轻人听得那么专心,我就继续把自己的想法说出来。

"有时候你会发现,当你改变看法时,障碍就消失了。通常,唯一的问题在于我们自身,也就是说,我们看事情都有点心胸狭窄、固执己见。"

"问题在于我们自己?"年轻人垂下头来,半信半疑地重复道。

"大多数情况下是这样的,"我回答道,"但是,解决的方法也同样在于我们自己。精神世界可以唤醒物质世界。正如你想象某些事物,他们可能就会为你而存在一样。某种程度上,你自己创造了你周围的世界,就好像你是自己周围环境的小造物主。"

"那怎么可能呢?难道在这个星球上,现实世界对大家来说不都是完全一样的吗？"年轻人惊讶地问。

　　"总体而言，现实世界可能是独一无二的，"我反思道，"但是，我们每个人能够领会的，只是我们的意识通过自己的感官和本能倾向可以感知的那一部分。通过过滤整个现实世界，只接受其中我们赞同的一些意见、一些人、一些情况，我们正在以某种方式反映出我们自身的形象。"

　　"你是说，人们永远也不能了解现实世界，而通过现实世界只能看透人们自己？"

"机器可以捕捉到我们的耳朵察觉不到的高频率或者低频率的波段，显微镜和望远镜可以增强我们的视觉能力。显然，这些事实让你清楚地看到了我们感官的局限性。然而，并不是每个人都能明白，观察自身所处的环境和身边发生的事是了解自我最好的方法之一，因为外界让我们困扰的每一件事都只表明，我们不能够协调自己坚持的那些原则。"

"为什么你说话这么难懂？"年轻人抱怨道。

"这就像别人的贪婪只能困扰某些贪婪的人，因为慷慨的人只把它看作是个事实，而不会让自己因此受太大的影响。"我说道，注意到我的旅伴渐渐开始听明白了。"同理，有些人，不说明事情的对错，就去对抗讨厌的邻居和家庭成员、对抗不公正的上司、对抗社会和许多其他的东西，其实就是在对抗他们自己。"我总结自己的观点道。

"如果他们对抗一面镜子，那么他们能赢过谁呢？"年轻人错愕地问道。

"这些人的问题在于他们不明白，任何人跟他周围的环境相对抗，最终都会失败。"我断言道，"大多数人的痛苦来自于对我们周围环境的反抗，来自于人类和自然法则之间的对立。就算一无所有，智者也能生活得平静祥和。他理解现实世界，并且认识到，所有照本样存在着的事物，都是美好的。他不再看到对立，并且他知道这世上的一切都不需要改善了，而自身却有太多需要改进的地方。"

"任何存在的事物都是美好的，是不是就是因为他们存在着？为什么你总把事情讲得这么难懂？请你给举我一个例子吧，这样我才能明白。"我的小同伴问道。

"当你全力推一堵墙时，"我说道，"你可以感觉到墙也正以同样的力量推你。你加大力量推它时，墙同时也更用力地推你。只有从墙上移开你的双手才是解决之道，这样，墙对你的推力也就自行消失了。那些承认墙有存在的权利的人，不需要去推墙，也不会受它影响。"

"你说得对，"年轻人说道，"但是你说过，我们只能知道现实世界的一部分，如果你说的是真的，那么，每个人都活在他自己的世界里，因此，有多少人就有多少世界。"

"如果你把每个人的小世界想象成一张拼图中的一小块，那就容易理解多了。就像所有的小图块拼起来，就成了一张完整的拼图一样，所有的小世界拼起来就是一个完整的现实世界，而这个完整的世界要比每个人的小世界大得多。不可思议的是，我们每个人都有能力根据自己的想法来改变世界，不需要挣扎，也不需要外界力量的帮助。"

"我明白你说的了，"年轻人打断我说，"如果我在镜子里看到一张不友好的脸，我要做的就是微笑。"

"完全正确。"我说，"同样的，如果你有一个讨厌的邻居，你自己应该设法做个好邻居；如果你希望有一个好儿子，首先你自己就应该做一个好父亲，或者反过来，如果你希望有个好父亲，你自己首先得做个好儿子。对待丈夫、妻子、上司、职员，都是一样的道理。总之，只有一种方法可以改变世界，那就是改变你自己。"

五

　　我们静坐了片刻，被无垠的巴塔哥尼亚风景迷住了。风执著地吹过山岭，山的形状像个截了头的圆锥体，平平的山顶减弱了强风的脚步，风只轻轻地拂过绿莹莹的矮树林。远处，长满松树的斜坡上，有一种树上的红色枝叶迎风摇曳，像是红色的舌头往前移动。突然，我有了一个奇怪的想法，就大声地把它说了出来。

　　"或许整个宇宙就是某个神灵根据自己的形象创造出来的，以此来了解自己，体验自己。"
　　年轻人好像对我的想象一点都不感到诧异。他问道：

"在这个星球上，人类应该做些什么？他们是自由的？还是必须坚持走既定的道路？"

"就我所知，活着就是学习。发生在每个人身上的每件事，对当事人来说都是有意义的。我们越明白这个道理，就越能更好地提炼出发生在我们身上的每件事的内在意义。有时候，我们抵制的痛苦和疾病，往往可以给我们提供最多的信息。命运总有办法让我们弄清楚那些我们最抵触、最不想接受的事物。"

"命运是每个人的轨迹吗？人类可以改变命运吗？"年轻人问道。他变得更加困惑了。

我想到我们地球上图书馆里白白收藏了成千上万册的书，都无法明确地解答他的问题。我干脆地回答："是的。"

年轻人还是疑惑地看着我。于是，我试着更形象地解释这个问题。

"把你自己想象成一条河流，不惜一切代价地要往前流动。你选择避开高山，希望找到一条好走些的道路，少些艰难险阻。"我继续说道，"困难就像那挡住你去路的石头。如果你把它们沿途卷走，它们最终会累积成一堵石墙，阻断你的去路。相反地，如果每一次碰到阻碍，你都越过它、克服它，那么你的汩汩水流就会绵延不断，像水晶一样透明，就好像每撞击一次石头，水就变得越发清澈透明。也许你觉得内疚、觉得不配这样光彩夺目，那么不久你就会发现水里有淤泥了，水流变浑浊了。你可能会变得越来越懒惰，在平原上逗留，最终流进沼泽地，停止了前进的脚步。也许你很勇猛，汇入瀑布，冲下悬崖，或者流过蜿蜒的峡谷，最终迷失方向。也许你会使自己的心灵强硬起来，直到水流结成冰，抑或你会在沙漠的拥抱下渐渐枯竭消亡。"

"如果我是一条小河，我不希望自己凝固成冰或者干涸于沙漠。"年轻人说。

"如果是那样的话，想象自己纯洁无瑕，你就会变得晶莹剔透；想象自己慷慨大方，你就会润泽大地；恢复自己的活力，清新凉爽的你就会缓解他人的干渴；确定自己的目标，你就会实现自己的宿命；相信自己的领导力，你就会引导他人；梦想自己是神灵，醒来时，你就会有一个崭新的人生。"

我说完后，车内沉默下来。我们都往窗外看着那荒芜平原和远处影影绰绰的山脊。

六

年轻人似乎很喜欢那个小河的比喻，陷入了沉思。而我却意识到这几个小时内，我一直载着个陌生人，对他一无所知（当然，这个陌生人挺令人愉快的，但终究也还是个陌生人）。尽管我很想进一步了解这个奇特的年轻人，但是直觉告诉我，他会自然而然地把他的情况透露给我的，而且如果我不试图问他问题，强迫他告诉我的话，我反倒会更早地了解他。有时候人们就像牡蛎一样，我们要做的就是等待，直到他们自己把珍珠展示出来。

然而，就算是预言大师也不可能预料到我刚听到的问题。

"羊也有问题吗？"

"你说什么？"

"羊也会遇到问题吗？"他平静地重复道，仿佛我是那种凡事至少得讲两遍才能听明白的人。

感谢上帝，多亏油箱里的油很浅了，我不得不低速行驶，否则，听到这样的问题，非得翻车不可。我瞅了他一眼，确定他问这个问题是当真的，并非开玩笑。我不知道该怎么回答，就坦白地对他说：

"说真的，我不知道，"我说，"我觉得你要是想知道确切的答案，你得变成一只羊才行，你觉得呢？"

让我很诧异的是，听到我这么说，年轻人竟然严肃地点点头，似乎很满意我的回答，他要不是满意我回答的逻辑，就是满意一个成年人会承认自己的无知。他接着问道：

"所以你的意思是，要是想知道花的问题，你就得变成一朵花，是吗？"

但是，我可不愿意花一下午，不断被动地等着回答他那些异于常人的问题。这是一个绝佳的反击机会，我可以掌握说话的主动权。

"朋友，你弄错了。"我反驳他说。

"你不变成花也能知道花确实有问题。它们太美也太无助了。一些花有刺来保护自己，以防有些人被它们的美吸引而来，把它们摘下来插到花瓶里。"

他惊恐地看着我。我以为他快要昏过去了，但是他慢慢镇静下来，勉强地喃喃道：

"花的刺真的可以保护它们吗？"他的表情仿佛是在乞

求我给他一个肯定的回答。但是，我正为自己掌控着谈话内容感到很兴奋，才不会轻易改变自己的说话逻辑。不管怎样，对我而言，这种对话只是一个智力游戏。

"不，"我说，"花的刺不能真正保护它们。这个就是它们的问题。"

看到他脸上的表情，我猜这位陌生的朋友可不只是把我们的谈话看作是游戏。后来，当我知道这个问题有关他的一位挚友的生死时，我很后悔自己那么草率地对待我们的谈话。

有时候，我们成年人不经意间就亵渎了一个孩子内心最深处的情感。我们随意毁掉的东西，远比任何会自己垮掉的事物更有价值。

花儿们已经设法带着这个问题存活了几千年，并且，它们的天性就更容易碰上这个问题。就算我明明白白地告诉他这些都没用，因为这不是我的朋友所担心的。他想要救的只是一朵花，如果这朵花是绝无仅有的，那么地球上所有的统计数据和园艺手册都发挥不了什么作用。像是要把他心里所想的大声说出来，他补充道：

"假如它们放弃美丽的外表，假如它们藏起来，也许它们就不会有问题了……但是那样的话，它们就不能算是真正的花了。"于是，他得出结论，"它们需要我们的欣赏才能快乐起来。虚荣，才是它们的问题。"

此时，他的眼里又浮现出悲伤的神情。他脸上这种悲伤的表情，我曾经见过，后来，由于他突发的好奇心也一度消失过。

"不管怎样，羊和花的问题对我来说不再重要了。"后来我才明白他这话的含义。

他停顿了一下，然后解释道："你知道，我在找一个很久没见的人。他长得有点像你，但是他有一个会飞的机器。"

"飞机吗？"我有点困惑地问他。

"是的，就是它，飞机。"

我想帮上点忙，就问道："那他住在哪里？"因为我知道这个地区有几家飞行俱乐部，我曾经在地图上看到过标示。

"我不知道。"他难过地说。然后，好像在自言自语般，他说道："我以为人们都住得相距不远。"

看到我不理解，他进一步解释道：

"你知道地球很大，而我的星球很小。"

"你准备怎么找他呢？"我问道，同时在脑海中搜寻年少时看过的很多侦探小说。但是他的回答，即使赫尔克里·波洛 ① 本人听到，也会感到困惑。

"他送给我会笑的星星作礼物。"他用一种怀旧的口气说道。有那么一会儿他情绪激动，我注意到他的眼里噙着泪水。

我试图在脑海中勾勒出一个飞行员的身影，星星也会对他微笑。就在这时，我终于明白了他是谁。当然！羊，花，星星，蓝色的毯子！我一开始就应该知道的，但是我只把刚才的对话当作智力游戏，完全被自己的逻辑困住了。

---

① 赫尔克里·波洛，英国女作家阿加莎·克里斯蒂创造的著名侦探形象。

七

就在油箱里的最后一升环保汽油快用尽时，加油站的标志出现在眼前，及时解救了我们。我大大地松了一口气。加满油，检查了油位和水位后，我坚持要求小王子去洗手间梳洗收拾一下。他好像不怎么乐意打理自己。

车开出一段路后，我问他："他就是那个送你羊的人，对吗？"我们都知道"他"指的是谁，但我感觉到他回答这个问题时的痛苦。

"我当时是这样认为的。"

"这话是什么意思？"我催促他继续说。他的脸上连续地闪过忧伤、怀疑、愤怒，既而再是忧伤的表情。他那双清澈的眼睛深处，似乎燃烧着希望。直觉告诉我，极有可能就是这个希望把他带到了这里。

最终，他带着一种无可奈何的平静语气，开口说话了。

"这是个悲伤的故事，我想你不会感兴趣的。"他说道，一点儿也没去想我为什么会知道那只羊的存在。

"我当然感兴趣了！"我明确地答道。我如此强调自己的兴趣，都令我担心必须向他解释为什么我对那只从未见过的羊那么感兴趣了。但小王子开始讲述他的故事。这就像下象棋时，对手忽略了可以把我将死的那步棋。我松了一口气。

一天早晨，当小王子正忙于每天必做的星球清理工作时（你知道，保持星球的整洁是很重要的），一颗即将被拔掉的野草对他说：

"如果你把我拔出来，你就犯了另一个错误。"

"你说的'另一个错误'是什么意思？"小王子问道，怀疑这是个圈套。

"我是说，你这样做会使你失去一棵聪明的，对你很有用的野草。不管怎样，我都不能伤害你。我的命运握在你手里呢！你随时都可以把我拔出来，但是我相信你需要我。你将会成为我的主人，而我就是你的仆人。"

小王子想了一会儿，还是下不了决心，于是他又问了一个问题：

"你说的'另一个错误'是什么意思？我之前犯了什么错？"

"一个很简单的错误，主人。你相信那个盒子里有一只

羊，对不对？"

　　"盒子里当然有一只羊！"小王子气愤地叫起来，"里面有一只美丽的小白羊，是来自地球的朋友送给我的礼物。只可惜，因为我的离开，他很痛苦，忘记给我画上小羊的嘴套和拴带了。所以我不能领着小羊散步，因为它也许会逃跑，吃掉那朵花。"

他停下来，吸了口气，准备把那棵野草拔出来。这时，她又对他说道：

"主人，请你允许我给你一个解释，而不是听任被你自己的感情冲昏头脑，我想我可以把整件事解释清楚。"说着，野草展开一片叶子。令小王子惊讶的是，叶子上出现了一幅画：一个小男孩和一只羊并排站在一起。小王子仔细看了看，承认他从未见过这么细致的图画。

"这不是一幅画，是一张照片。"野草得意洋洋地说，因为让小王子看照片，她就可以多活些时间了。然后她接着说道：

"照片是一种精确地抓拍了真实世界的图像。你可以看到，真正的羊长得高过小孩子的腰身。如果你当初就问我，我肯定会告诉你，就算是刚出生的小羊，也比这个只有二十厘米高的盒子大。"

最后，野草用怜悯的口气，一针见血地指出：

"对不起，主人，告诉你这些我也很痛苦。但是作为你的仆人，我必须提醒你小心那位所谓的朋友，他辜负了你对他的信任，因为那其实是个空盒子。"

那一刻，小王子的世界崩溃了。这是他人生中最痛苦的一天。从此，他不再相信任何人和任何事物。夕阳再也不能够像往常那样给他以安慰了……

八

　　我知道他一边说，一边在哭。我尽量让自己目不转睛地盯着柏油路看，灰暗的公路一直向远方的地平线延伸开去。小王子继续以一种听之任之的口气说道：

　　"从那时起，野草就给我解释我以前不理解的东西。她警告我，要我当心花朵的诡计和人类的欺骗。她教会我化学和物理，为我讲解最新的统计学和经济方面的变量。但是，没有我的小羊，白天变得更长了，夕阳也变得更忧伤了。"

　　一天晚上，小王子做了一个很逼真的梦。他和他的那位朋友正坐在飞机上，游览地球上美丽的风景。雄伟的高山间错落有致地镶嵌着景色迷人的山谷，与之蜿蜒交错的溪流宛若晶莹剔透的彩带，时不时地映出飞机的倒影。铺满鲜花的草地就像一张精致的绣花地毯，周边环绕着浓密的森林，使其免受狂风的侵袭。由于是低空飞行，他们可以看见鹿、马、山羊、野兔和狐狸自由地穿梭在田野间，映入眼帘的甚至还有在小溪里欢快跳跃着的鳟鱼。小王子没有什么想问的，他的朋友也没有解释什么。他们只是欣赏着眼前展现的神奇景观，微笑着，互相告诉对方任何吸引他们注意的地方，一起哈哈大笑。突然，他的朋友开始让飞机转弯，告诉他，他们要降落到一个绿草如茵的山坡上。大地仿佛在恭候他们的到来，温柔地接住了他们。一下飞机，他的朋友就把他带到了对面的斜坡上，那里一群白羊正在悠闲地吃着青草，朋友说：

"这群羊是送给你的。我不知道有多少只，我觉得数量不重要。从你离开的那天起我就开始喂养它们，我心里对你的感情有多深，它们就长得有多大。"

小王子非常感动，转身过来拥抱他的朋友。突然，他醒了过来，发现自己还是一个人，孤独地生活在这悄无声息的星球上。两滴原本甘甜的眼泪流了下来，在落下的那一刻变得苦涩了，内心深处有个声音告诉他：

"去寻找你的朋友吧，让他来给你一个解释。只有这样，星星才会再一次微笑……"

"这就是我决定旅行的原因。"小王子说。

　　第二天一大清早，他就去跟他的玫瑰花告别。最近他
和玫瑰花之间的关系有些疏远。花儿的脸色似乎很苍白憔
悴，好像小王子的疏忽使她的生命正慢慢枯竭。

　　"我要走了，再见。"小王子说道，但是她没有回答。
然后他轻轻地抚摸她，用手抚着她的脸颊，可她仍然没有
回应。既然这样，现在就没有什么值得他留恋的了。

　　路边冒出了几棵猴面包树的幼芽，它们会威胁这个星
球。自从小王子不再清理火山之后，大地开始发出轰轰的
声音。但是现在任何事情都显得不重要了。正要出发的时

候，路上他遇到了那棵野草。

"这么早，你要去哪里？"那棵野草说。

小王子什么都没说，避免引起她的戒心，但是他的眼睛还是泄露了她想知道的答案。

"你不能离开！你是我的主人！"她命令道。

"这样的话，从现在开始，你自由了。"小王子回答道。

"你不可以这么对我。你知道我再也不会自由地生活了。我需要为别人服务，而你也需要有人服侍你。"野草坚持道。

"要是没有你我就不能活下去的话，我就变成了你的仆人，你就成了我的主人。"小王子反驳道。

"如果你把我留在这里，我会活不下去的。再也没有其他主人来除去其他杂草了，这个星球很快就会变成荒野。"她哀求道。

小王子犹豫了一会儿，但是他已经决定了。他要追随梦的指引。他对野草说：

"如果你想跟着我的话，我就必须把你拔出来。"他的手紧紧地抓住她的茎秆。

"不，不要！"她喊起来。

"那么，再见。"他说着，就离开了。

"这次旅行就是这样开始的。"小王子继续说道，让我明白这是一次很漫长的旅行。

"最终我到达了地球，来到这个偏僻的地方。动物和花朵再也不像我小时候那样，同我说话了。也没有一个人来给我带路。我不知道应该去那里，而且我已经精疲力尽了，所以就躺了下来。在那里，你找到了我……"

他安静下来，我明白过不了多久，我们都必须努力深入地剖析我们自己的内心世界。没有什么比征服自我更能给人以成就感了。

九

"你看，这是一个非常悲伤的故事，你帮不了我的。"小王子总结道。我完全沉浸到他的故事中了，以至于当他说完故事时，我才意识到汽车一直被设置成自动驾驶。

"确实是个悲伤的故事。"我说，"但是，要是你认为我帮不上忙，那你就错了。我可以帮你很多忙。"

一听到我这么说，小王子马上就起了戒心。

"你不明白吗？我失去了一个让星星对我笑的朋友，失去了陪伴我度过午后时光的小羊，失去了用把戏和美貌来使我开心的玫瑰花。你不明白吗？我再也见不到那棵保护我、指导我的野草，我的星球也会因为火山喷发而爆炸。都这样了，你还认为你能帮助我吗？"他轻蔑地说道。他的情绪突然激动起来，这让他脸上有了点血色。

"其实，"我自信地说，"我可以帮你找回你失去的所有东西，甚至更多。因为，毕竟你失去的只是生活的乐趣与幸福。但是你得让我帮助你，同时你也得愿意帮助你自己，这样我才可以帮上忙。"

他怀疑地看着我，但没有说话，于是我接着说：

"这是你人生中碰到的第一个困难，你必须解决它。事实上，即使你被它打倒了，那也不是世界末日。好在无论是出于你的本能还是受你内心的驱使，你都有意愿克服这个困难。"

"我自己都觉得无能为力了，你又怎么能确定我有足够的毅力来解决这个困难？"

"问得好，"我说，庆幸自己吸引了他的注意力。"让我告诉你为什么我这么确定。首先，你有勇气离开小行星，置它的安危于不顾，到宇宙中寻找解决这个困难的方法。第二，即使你已经精疲力竭了，你还是设法躺到路边，这样就有机会被人发现，得到帮助。如果你是倒在高速公路上，或是荒野之中，你不可能活到现在。第三，我们第一次对话时，主要讨论了问题和困难，这说明你正努力获得有用的信息来摆脱这个僵局。"

我明白自己已经取得了他的注意和信任，就接着说道："早些时候，我们谈到怎么分析和解决问题。如果你愿意的话，现在不妨来分析一下你自己的困难。我说它是'困难'，因为我知道你可以克服它，即使你不相信你可以，解决它的关键还在于你自己。"

他马上回应我道：

"你怎么可以这么说？在我发觉我朋友的欺骗之前，我生活得很平静，也很快乐。这个真相，也只有这个真相，招致了我所有的不幸！"小王子生气地说。

"你现在认定这问题不是你自己引起的，而把它怪到别人头上，你这样做绝对解决不了问题。"我平静地说道，而他的眼里却冒着怒火。在他开口之前，我继续说道："我要告诉你，那个所谓的欺骗不像你所想的一样。或者，它至少不像你所想的那样是有恶意的。但是，让我们暂且假设，你的朋友的确欺骗了你。那么，你感到愤怒、失望甚至悲伤都是无可厚非的。然而，这也无法解释为什么你不再欣赏花的美貌、夕阳的诗意和星星的歌声。"

他很专注地在听我讲，于是，我更加平静地继续说下去。

"你朋友所谓的欺骗对你的生活产生了灾难性的影响，那是因为你生活的根基太脆弱。也许小羊再也不能给你慰藉，自私的花儿再也不能给你满足感。显然，每天的杂事并不能满足你心灵的需求，而且眼下，你也没有什么可做的事来充实自己的生活，让你暂时避开烦恼。也许你的整个现实世界早已变得了无生趣了，只有对那位已经离开的朋友的怀念才让你继续每天平静的日子。因此，这就可以解释，为什么当你那唯一的支撑点崩溃之后，你的整个生活都垮了。其实，就像那朵花在你离开之前就枯萎了一样，你的世界也早就成了空壳。你朋友那个所谓的欺骗只是一个导火素，而绝不是使你陷入困境的元凶。你越早接受这个现实，就能越快地摆脱困境。"

我可以感觉到他内心的挣扎，到底是抗拒还是接受这个现实？于是我尽一个旁观者所能想到的，急匆匆地补充道：

"不过，要是你对自己多一点信心，更多地相信自己的感觉，野草就不可能这么轻而易举地抓住你内心的弱点，给你的生活造成了那么多负面的影响。"

正当小王子要抗议，或许是准备为那棵野草申辩的时候，我喘了口气，继续说道：

"比起唤起我们幻想的人，为什么我们通常更喜欢让我们幻想破灭的人？"

听到我这个问题，他有点茫然了。我正好趁机继续说下去。

"不要相信那些以帮助你为借口而粉碎你梦想的人，通常，他们都不能给你带来什么好处。"把预言不祥之兆的人杀死是一种古风俗。我想知道那种风俗到底有什么明智的地方，因为随着时间的推移，我发现大多数情况下，那些预言都是不正确的，或者那些说预言的人别有所图，又或者，由于自身无能为力，我倒是宁愿越晚知道不祥之事越好。我接着说道：

"所有的梦迟早都会结束。甚至，从生活这场梦中醒来，我们面临的就是死亡，或者反之亦然。我告诉你，你的朋友真的给了你一只世界上最美丽的小羊，它是你梦寐以求的小羊，唯一的一只，你可以喜欢它，而它也是可以在你小小的星球上陪伴你的小羊。难道你不喜欢和它一起看夕阳吗？难道你不是晚上还照顾它，这样你们就都不感到孤单了吗？难道你没有怀疑过，它属于你是因为你喂养了它，而同时，你也就归属于它了吗？毫无疑问，这只小羊比起你看到的照片上的那只要真实、鲜活得多，因为照片上只是一只羊，而盒子里的却是一只属于你的小羊。"

此时，我也明白了为什么自己在旅行的时候，从来不随身携带我爱的人的照片，因为他们的面貌一直留在我心里，那远比照片真实。

这时，我停下来，不再说下去了。我瞥了一眼我的同伴，发现他眼里已经噙满了泪水，好像很久之前他就一直想哭来着。

　　"谢谢你。"小王子说，然后，就像是给我一个拥抱一样，他把头靠在我的肩膀上，渐渐地睡着了。

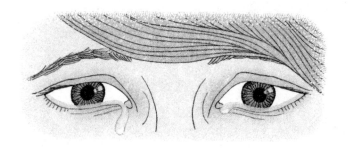

十

　　几个小时过去了，快到黄昏的时候，我们来到一个小村庄附近，我打算在那里过夜。虽然高速公路还是像白天一样荒无人烟，但是现在我们可以感受到少许人的气息：路边种着的白杨树有时形成一道墙，挡住狂风，使菜园子免受侵袭，有几处独立的棚屋，倒刺铁丝围栏围着数不清的小羊。

　　不同于小王子在小行星上所看到的夕阳，巴塔哥尼亚的暮色很长，很宁静，半边天都染上了粉红色，淡紫色和紫红色。那天傍晚，夕阳是如此美丽，我觉得应该唤醒小王子，让他也见见这样的美景。

　　"看看这美妙的景色吧！"我指着地平线，跟年轻人说，眼睛就暂时没注意看路面。

　　"小心！"他叫了起来，但是已经太迟了。挡泥板撞到了什么东西，发出沉闷的声音，汽车颠了一下。当我踩刹车时，从后视镜看到一只挺大的白色动物躺倒在路上，大概是一只小羊吧。停车后，我立刻跑到车前检查车的受损程度。小王子看着我，好像不明白我在做什么，然后朝反方向走去。我猜他是想去帮助那只受伤的动物，就说：

"不用过去了。被这样一撞，它肯定已经死了。我们帮不了什么。"

但是年轻人一边跑向那团白色的东西，一边喊：

"今天，你告诉我，即使我们不相信自己能行，我们总还是能做点什么的。"

检查车子时，我看到车的唯一损伤只是挡泥板上的一个凹痕，而他的话还言犹在耳。至少在那一瞬间，小王子让我觉得我的心肠比挡泥板还硬，而即使是那么冷硬的挡泥板，它也还可以弯曲。

被一个年轻人说教了一顿，让我觉得有点愧疚，于是我朝他走去。靠近他时，我看到他把一只大白狗的头放到自己的腿上，抱着它，抚摸它。尽管垂死的大白狗不停地颤抖，但这也不失为一幅最温馨感人的画面。

我抬起头，看到一个粗壮的男人从附近的小屋朝我们走过来，他黑着一张脸，看起来很吓人。他应该是狗的主人吧。我觉得理智的做法就是赶紧离开这里，以避免一场毫无意义的争吵，于是我就跟我的朋友说，我们最好起身走开。但是他动也不动一下，继续安抚着那只动物，它显然在疼痛中挣扎着。那男人继续怒气冲冲地朝我们走来。我察觉到潜在的危险近在眼前，认为最好还是给他一点钱作为补偿。所以当他走近时，我拿出钱包，小声地跟他道歉，而他却反感地做了个手势示意我不要动。于是，我们三个人都静静地待在那里，度过了难熬的几分钟。即使到了今天，我依然真切地记得那只狗临死时的情景。我深信我的朋友做得很对。是的，我们当然能够做点什么。做与不做，区别真的很大。当小王子深情地跟它对视时，那只大白狗不再感到害怕，因为它再也不觉得孤单了。我觉得那个一脸凶相的男人也注意到了这一点。终于，狗抬头看了我们一眼，好像在表示感谢。然后，它的左眼先闭上了，接着是右眼，最后，它的身体抖动了一下，只一下，就一动不动了。

小王子又继续抚摸了它几分钟。过了一会儿，当它所有的生命迹象都消失时，他才第一次转过头来，看着那个男人，眼里满是泪水。让我意外的是，那个男人很慈爱地拍拍小王子的头，然后轻轻地把他推开，抱起了那只狗。

"跟我来。"他说道，然后回头朝小屋走去。当我准备一起去时，他阻止了我：

“不，不是你。就这孩子。”

为了让我放心，他又说道：

“不用担心。这事跟钱没关系，是无法用钱标价的。”

十一

　　当时我的内心百感交集，很难用语言来描述。我觉得自己受到了凌辱。因为我的反应纯属正常，是按照我们的社会习惯行事，因为我们对类似的事情早已经麻木。而且，在我们的社会，大多数人碰到这种事，甚至都不会停车。同时，我也担心那男孩会遭遇不测，我甚至觉得让他待在另一个人身边比把他留在我找到他的那个荒野地带更危险。我明白，由于总是压抑着自己的爱，我们做事总带着恐惧和怀疑的心态。人与人之间都是相互关联的，这一事实让仁慈之心遭受责难（或得到祝福）。当一个人正在遭受痛苦时，没有人会百分之百的幸福。世界上的任何事，痛苦也好，快乐也好，都是跟我们休戚相关的。这世界不会因为快乐的存在，而不再有痛苦。同理，就算存在痛苦，世上也依然有快乐。我们经受的痛苦越多，体验的快乐也就越多。这就是为什么我们不能忽视自己内心的情感：我们永远不能像陌生人一样对待彼此。

　　天色渐渐暗下来，一个崭新的黄昏却出现在我心里。

突然，我看到小王子一个人走了回来，手里好像抱着什么东西。当他走近时，我看到他正抱着一只可爱的小白狗。我简直不能相信自己的眼睛，我们刚刚夺走了那男人的爱犬的生命，他却竟然送给我们一个新生命。

这是爱的奇迹，也是小王子教我的第一课。我用言语同他分享我的经验，而他，像个真正的老师那样，用行动教会我沉默的智慧。没有什么比那一刻让我更清楚地体会到，无数本有关爱的艺术的书籍都比不上一个简单的吻，无数句有关爱的话语都抵不上一个简单的爱的举动。

"这是一只库瓦兹^①小崽。"小王子说，"你知道吗，它们产于西藏。但如今在欧洲一些地方，我们也能见到它们。那个男人觉得我会好好地照料它。"他一边说，一边目不转睛地看着、抚摸着他的新朋友。"我叫它'翼'，以纪念我的那位飞行员朋友，而且也因为它长得像云朵一样洁白柔软。"

先前，他的声音从来没有这么温柔过。我们三个舒心地继续前往小旅馆，准备在那里过一晚。从那一刻起，小王子很快恢复了他快乐的天性。

晚饭后，旅馆准许翼跟我们待在一间房间。这只小狗

---
① 库瓦兹犬，原产地匈牙利，据信祖先源于西藏，毛色为白色或象牙色。

要小王子抱着它，头挨着头地一起睡在床上，才不吵不闹。很快，他们都睡着了。小王子的脸上露出了微笑。我知道，小王子会在梦里飞回宇宙，而翼就跟他在一起。

十二

第二天一大早，我们就出发了，眼前的景色广袤无垠，让人惊叹。也许是因为一直带着欣赏的心态，尽管很干燥，我们还是觉得景色非常迷人。小王子有些心神不宁地抚摸着蜷在他腿上的翼。显然有事困扰着他，但他不说，我也就没问。终于，他开口说道：

"我不想变成一个严肃的人。"

"没关系。"我说。

"但是我得长大。"

"的确是这样。"我附和道。

"如果是这样的话，我怎样才能既长大，而又不成为一个严肃的成年人？"小王子说出了困扰他的问题。

"问得好。"我说，"实际上，对于这个问题，我从未找到令人满意的答案。至少，对于我们这群有幸听过童话、魔法城堡和王子这类故事的人来说，年幼的时候，我们接触的世界跟我们同父母在一起的那个世界是很不同的。然后，我们开始遭遇自私、误解、挑衅和欺骗。我们试着保护自己，保留我们的纯真，但是社会的不公、暴力、浅薄和无情一直萦绕着我们。我们的心灵不再充满光明和欢乐，相反的，我们开始退缩、紧闭心扉。当我们日益了解现实世界，总有一天，我们小时候的梦想世界会开始动摇，这过程虽然很痛苦，但我们无法避免。这时候，有些人就会抛弃他们宝贵的梦想，让自己的生活扎根于能给人虚幻的安全感的理智思考。他们变得严肃起来，喜欢墨守成规、一成不变的生活，因为那样的生活貌似可以给他们安全感。但是这种安全感不是万能的，他们依然不快乐。所以他们开始敛财，可是，他们总觉得还缺点什么。拥有物质并没有使他们快乐，因为财产让他们越来越不能享受纯粹地活着的人生。他们注重的是生活的手段而不是生活的目的。"

"如果财富不能让他们快乐，为什么大人们还要花大把时间积累财富呢？"小王子很理智地问道。

"认为拥有一些物质就会快乐的想法是一种自欺欺人的自我安慰罢了。如果快乐取决于拥有东西而不是生活本身的话，那么我们就会变得只追求身外之物，而不去探求自己的内心世界。按照这样的逻辑，我们不需要改变自己，只要得到这样或那样的东西就可以获得快乐了。"

"难道人们没有意识到这点吗？"小王子问道，他很难相信人类会如此愚昧。

"我年轻的朋友，你要知道，我们的社会已经很发达，物质非常丰富，人们可以得到想要的东西，而他们只有在得不到自己真正想要的东西之后，才会意识到走错方向了。你知道，只要在不改变自身的前提下，人们就会试图抓住任何机会，哪怕那是微乎其微的机会，去追求物质上的东西。但问题是，一旦得到了他们最终想要的东西，他们最先得到的东西就丢了。他们就像必须有二十顶帽子同时在头顶旋转不停的魔术师一样。但就算魔术师也只有二十顶帽子！而人们只有在得到一样东西之后，才会明白自己接下来想要什么。所以他们得到的东西，永远不是他们最终想要的。他们费尽一生做这种徒劳的追求，从一样东西跳到另一样，这些东西就像是过河的垫脚石，一个接一个，但他们永远都不能成功地到达彼岸。这些寻求财富的人通常都会被未来所困。他们既没有活在当下，也没有好好享受当下的生活，因为他们把全部的重心都放在了未来可能发生的事上。"

"他们还能做什么呢？"这位年轻的朋友一边问，一边抚摸着翼。它在小王子的腿上睡着了。

"只要投入到现实生活中。生活像一条河，随着河水往前流就行。只要注重生活本身，感受和珍惜活着的每一刻，而不要总沉迷于航行的最终目的。毕竟，我们的存在才是需要我们用心地去感觉、去领悟的。障碍出现的时候，会不断地根据不同的情况改变自己的种类和表现形式，新的形式让它们重申自己的本质，也让它们继续存在。这好比是那小溪，往前流时，总是不断地改变河床的形状。最要紧的是要完整地、真正地活着，此时此地，全身心地、尽全力地去爱，去生活，去享受，去创造，而不是执着于过去或未来。"

"那我们必须遗忘过去吗？"小王子突然打断我说，也许，对他来说，有关花和他的朋友的记忆很重要。

"不，正好相反。日常生活中，愉快的回忆和悦人的经历会在你遭遇孤独或困难的时候给你安慰。但你必须避免沉醉于既定的过去，把自己困在里面，而不去经历当下的生活。过去的已成定局，因为它已经无法改变，已经逝去了。但是，现实生活中，痛苦与快乐却可能不断地交错出现，相较这种不确定性，还是有很多人更喜欢逝去的生活给人的宁静和安全感。"

接着，我又说：

"回忆也会以另外一种方式来阻碍你获得快乐。它会试图使你再感受一遍往事。但那已经是陈年旧事，永远不可能再重复发生。就像你永远不可能两次踏进同一条河流一样，人生的处境永远不会相同。但是很奇怪，很多人都试图去重温过往的经历，陷在回忆里不能自拔。这就妨碍他们享受跟以前同样美好甚至更美好的新生活。在这点上，人类跟有些动物很像。那些动物总是回到曾经找到过食物的地方，而不去更远一点的地方寻找食物，最后被活活饿死。"

我们俩心无旁骛地沉思了很久。眼前的景色有一个美中不足的地方，那就是，它总是令人敬而远之。小王子突然开口说话，吓了我一跳。

"谢谢你。"他说道。

"你为什么要谢我？"我问。

"因为你的话解除了我的痛苦。"

"你为什么这样说呢？"我很想知道原因。

"嗯，我一直在思考你说的话，然后我发现自己内心深处一直有这样一个想法：如果我永远都找不到另一个和那位飞行员一样的朋友的话，我就永远也快乐不起来了。唉，这个想法从三方面阻碍了我去获得你先前提过的快乐。首先，寻找'像他那样的人'这个想法，让我忽视了其他同样有趣而高尚的人。其次是'安全感'那个问题。既然我永远都不能确定我是否已经找到一个像他一样的人，那么我就永远不会有安宁的一日。最后，这种'寻找'让我只关注将来我可能遇到谁并去了解他，因而忽略了在我身边的人。"

"显然，你完全明白我所说的了。"我像个老师，为有一个聪明的学生而感到骄傲。

"无论我们多机敏都不为过。"小王子说。

"是啊，无论多机敏都不为过。"我重复了一遍他说的话，两人都笑了。我默默地注意到，他的神情依然有些悲伤，那与他的过去有关，但是，我决定保持沉默，暂时不问他。

车一路欢快地飞驰。仿佛这高速公路是一条长长的静止的溪流，我们一路愉快地畅饮着。我感觉自己不再急于到达目的地，反而开始享受这次旅行的每一分每一秒。

十三

　　午饭时间快到了，我很担心翼因肚子饿而咬坏小王子的斗篷，所以当马路右边突然出现一家烤肉店的时候，我决定停车。烤肉店前面已经停了好几辆车。当我走进餐馆的时候，我看到有一家人正围坐在一张餐桌边吃午饭，五个孩子看到小王子的穿着后，都诧异地瞪大了眼睛。于是我立马找了一张离他们最远的桌子，但是我们的到来还是引起了骚动，就好像东方三圣贤①之一走进餐馆，而身边缺少了他的骆驼似的。

　　我察觉到我的朋友对此感到不安。他坐了下来，背对着大家的议论和指指点点。那位父亲摇着手里的鸡腿，试图让他的孩子们安静下来，但是没什么效果。其实他自己也很想知道我们的神秘来历。他们的母亲，背对我们坐着，

───────────

① 东方三圣贤，又名东方三博士，东方三智者等，依据《圣经》，他们在耶稣基督出生后，曾从东方带着礼物前来朝拜耶稣。

好像得了选择性失聪症一样，对孩子们的吵闹听而不闻，继续吃东西。我一边吃饭，一边说些话来维护我朋友的自尊心。店里人看到他后做出的反应有点伤他的自尊，就好像他身上的衣服被剥去了一样。我告诉他，在单调的世界里，差异和变化很重要，它们可以丰富任何群体的种类。

"如果我们不能通过花的芬芳、形状或颜色来辨别它们的话，那么，我们永远都不会停下来欣赏一朵特别的花。差异，"我补充说道，"是吸引我们的首要因素，这样我们才会观赏那朵我们认为是独一无二的花。"

有时，用来区分和隔离我们的，正是那些吸引我们，与我们相辅相成的东西，对此我内心深感痛惜。当我们大口大口地吃着美味多汁的牛排、薯条和色拉时，我意识到，很多伟大的科学家通常都不被他们同时代的人接受，否则凡事就不会有变化。我责怪那些平庸的人，因为当创造力刚刚像火苗一样开始闪出点点火花时，他们不是给它点空气让它熊熊燃烧起来，而是像一伙消防员，急急忙忙地冲过去就把它扑灭了。

"我亲爱的朋友，"我把手搭在他肩膀上，接着说，"你不要把这件事放在心上。人们总是先以貌取人的。但是如果你对自己有信心，坚守自己的价值观的话，他们最终会接受你。甚至，只要可以在自己的朋友圈中吹嘘，他们认识你这样一个与众不同的人，他们就能认可你。"

然后我靠到椅背上，补充道：

"当然，有一个方法可以让我们更快更省力地了解别人……"

"什么方法？"小王子说道，显得比刚才振作了一些。

"与我刚说的正好相反。不要先以自己的外表吸引别人的注意，然后再尝试让他们了解你的内在。你应该先试着融入他们，从外表上模仿他们，然后凭着自己特别而独到的价值观脱颖而出。"我向他解释道。

"你会怎么做呢？"小王子问道，弄得我很尴尬。我想了想，说：

"如果用第一种方法，那么很多人要么接近你，要么与你保持距离。他们会仅凭你的外貌，在还不了解你的时候，就有了一些正面的或者负面的想法。这样的话，对你有利的是，你已经吸引了很多人的注意；而不利的是，有些人会永远不再理睬你。如果你用第二种方法，那么效果正好相反。你不会引起别人足够的注意，很多人甚至都不会知道你的存在。要是我的话，我会采取这个方法，比较不张扬，比较缓慢，但是给人留下的印象更深刻。不过，无论如何，你都要做你自己，不要改变自己去迎合别人的品位。这点很重要。"

"难道你不担心你的价值观并不被人赏识吗？要是很多人甚至不知道你来到了这个世界呢？"小王子问。

我想，他是害怕再也找不到他正在寻觅的那位特殊人物，正设法掩饰自己的担心。我记得当时我是这样回答的：要是一个人被熟知他的朋友所称颂，我就相信他确有过人之处，因为如果你真正成功地让人明白了你的重要理念，那么理解你的哪怕只是你周围的一小部分人，你也就可以确信，这种思想上的启迪会辐射甚远，就像那遥远的星光穿越了几千年的黑暗，照亮我们一样。

"关于人类，"我直视他的眼睛，强调说，"我确信我们总会遇到命中注定的那个人。关键在于我们自己要准备好，要有能力认识这个人，能够从人群中认出他或她。"

听了我这些话，小王子就换了身衣服。当我们从小村庄的那家商店里出来时，他穿上了牛仔裤、运动衫和跑鞋，头上还反戴了顶棒球帽，露出几缕金发。这身打扮让他跟成百上千的同龄人看上去没什么两样。没人会觉得他与众不同。

"毕竟，你生来就是个王子。"我微笑着说，这是他第一次到我们这个奇妙而痛苦的世界上来旅行，我想让他对这次旅行感到特别。但他答道：

"现在我只把自己的王国放在心里。"他跑了出去。一群孩子在街上踢球，球滚到他那儿，他就踢了一脚，翼跟在身后，紧追着他。

亲爱的读者，我必须请求你和小王子的朋友们原谅我在这里插句题外话。因为从现在开始，你不可能一眼就认出小王子了。但是我知道，那些敞开心灵之窗的人们肯定可以毫不费力地认出他来。

十四

　　当我们再次上路的时候，小王子转过头来问我："你是怎样避免自己变成一个严肃的人呢？请多给我讲讲吧。"

　　成长必然意味着这样的改变，我感觉这个事实似乎令他很烦恼。

　　"我得先告诉你，"我说，"很多人放弃了自己的梦想和信念，去追求财富和安全感。有时候，追求成功和荣誉是逃避现实，因为那些人没有勇气做自己，担心如果他们要做真正的自己、从事自己喜欢的职业的话，无法面对他人的批评和反对。有时候，你会发现人们拘泥于秩序，他们操纵现实世界，按照自己的意愿来治理它。他们评判别人，将周边的事物归类，把任何事物都按照心理和生理类别归档，就像是把所有文件资料都分类放到文件架上的小间隔里，固定了位置，很难再被挪动。他们就这样处理这无限多姿的宇宙和人之间丰富多彩的爱。大人们花大把的时间与精力教小孩子守规矩，而如果他们花同样的精力教孩子们爱的话，人们就可以更快乐地生活在这个星球上。"

"你认为规矩太多不好吗？"小王子问道。

"我们所说的规矩其实是指我们把低级的人类的条理性强加于神圣的、因而更高级的自然法则之上。人类在利用自然为自己谋福利的时候必须得小心翼翼，因为一旦弄不好的话，反而会惹来大祸：自然秩序被破坏，灾难降临到人们身上。地球上的污染，动植物物种的灭绝，自然资源的损耗，以及其他很多例子，都是人类按自己的意愿行事造成的恶果。"

"我明白你所说的了，"小王子若有所思地点点头，"上次旅行的时候，我遇到过一个男人，他认为星星归他管理。他整天都在数星星，把它们加起来，将计算结果写在纸上，然后把纸保存在抽屉里。他以为他这样做，星星就属于他了。"

"我知道，你已经注意到了数字是如何给严肃的人带来快乐。"我继续说道，"如果他们不弄清楚一座山的精确高度，一场事故中受害者的具体数目，或者你每年挣多少钱，他们就不会感到满足。这样的例子比比皆是。"

"我听说，这个星球上的人都被编了号。"小王子忧心忡忡地说。他的话让我想到了护照上的编号，社保卡号，手机号，信用卡号……

"确实是这样。地球上人太多了，得用这种方法来识别身份。光有名字是不够的。"我无奈地回答。

"让我看看你的编号在哪里。"小王子好奇地说，希望看看编号文在我身体的哪个部位。

"不，我们不会把编号文在自己身上。"我微笑着说道，然后递给他看我皮夹里的一些证件。回想起自己曾经几次试图文身的叛逆行为，我的表情就变了，那几次的尝试我至今也无法解释清楚。"也许在不久的将来，"我大声说出自己的想法，"可以用独一无二的遗传密码来识别我们的身份。我祈祷这么做最终不会束缚住我们个人的精神自由。"

"你这话是什么意思？"小王子听出我话音里透出的担忧，问我。

"我是说，上帝创造万物和生命的伊始就把人类认定为大自然进化的最后阶段。作为精神生物，人类拥有自由意志、自我意识和我们称之为灵魂的创造力。这就是为什么，当人类被束缚的时候，就不能够展现出自己最完美的一面，比方说，他们对自己创造力的热爱，就无法充分发挥。"

"上帝？什么是上帝？你以前也提起过他，仿佛他是宇宙造化之源，或者他有能力化解一切。"

"他是谁？我甚至不知道我们应不应该问'他是谁？'或者'它是谁？'。"

"但是你说他……"

"是的，是的，"我打断他的话说，"我怎么能不提到他呢……"我深深地吸了口气，停了几分钟，而小王子一直很惊讶地看着我。

"如果我知道上帝是什么的话，我就无所不知了。有人说他就是一切，有自己的生死存亡，所以世上存在的一切也有始有终。也有人认为他不断重生，因果可以永无止境的连续下去。还有一些人根据我们所理解的'完美存在'概念，把他定义为至善或至美，或者认定他是圣经，是造物主，是真理和至上的智慧。"

"看来，人们对于无识上帝的部分，远远多于了解的部分。"

"我也这么认为，因为人类有限的智慧理解不了无限的概念。即使在今天，出于无知，人类还是会因为对上帝的不同理解而自相残杀，这让我感到羞愧。"小王子似乎被吓了一跳，于是我笑了笑，宽慰他说，"我和他们不一样。"

"还有其他类似的问题让人们相互争斗吗？"小王子

问，很想事先知道在我们这个暴力而排外的星球上会发生些什么。

"是的，有很多问题。但是没有比因害怕自己对上帝的理解遭到质疑而产生的恐惧更能加剧仇恨了，这说明人们的良知没有得到很好的发展。但是最近，我发现更糟糕的事情发生了：人们不再在心灵深处扪心自问自己对上帝的理解，他们仿佛不再关心人为什么活着或者生活的意义了。"

"你怎么看待这个问题？"小王子问我，希望我可以给他解释一下这个含糊不清的问题。

"我更相信上帝就活在我心中，他是连接我和世上其他生物的纽带。他就像一个爱的能量源，维系着我们每个人和整个宇宙。"我的话消除了小王子的疑虑，他沉思了片刻。

"我料想如果我们把动物关在笼子里的话，它们也无法展现自己最完美的一面。"小王子一边说，一边用手梳理着翼头上的毛。翼已经睡着了。也许此刻，小王子想起了那只被关在盒子里的小羊。

"有些人的需求、期望和恐惧像栅栏一样围成笼子，困住了他们的孩子或者其他人，"我说，"因为他们不知道，如果任何事被当成责任强加于人的话，必定会引起反抗。

从这点来说，人类的规矩导致了我们的僵化和缺乏自发性，因而与生命的特征——不断更新——相抵触。显而易见，毕竟没有任何东西，像墓地一样既秩序井然又牢固安全。"

"所以秩序也不是必需的？"小王子问我，好像还没弄明白这个问题。

"有一种外在的秩序，我们需要它来使自己感觉自在，这种秩序的程度因人而异。但是，真正要紧的秩序是精神上的，它必须以上帝为本，因为我们从上帝身边来，最后又会回到上帝身边去。但是，这个秩序不是一成不变的，而是作为我们精神的一个方面，不断发展和成长。"

"你怎么知道这么多？"小王子问道，我解答他的问题的能力让他很惊讶。

"从我的经验和直觉中得出来的。"我说。

"你怎么知道自己是对的呢？"

"也是凭自己的经验和直觉。"

"你就从来没有弄错过？"小王子钦佩地问道。

"我当然有错的时候，但我会记住自己犯过的错，让它成为经验的一部分。你知道，我不能说我相信的东西是绝对正确的。我只能说，它们是一种智慧，曾经对我的生活帮助很大。你也应该这么做。不要完全相信我说的话。只是听听，然后要看这些话对自己是否有用。"

"我到哪儿去获取这些经验呢？"小王子很想知道答案。

"从生活中。"我回答道，"一次次犯错，然后凭自己的能力去解决它，就积累成了我的经验。如果你够聪明的话，就能够从别人犯的错误中吸取经验，避免自己犯同样的错误。书本、老师，还有其他人的故事都可以给你启发，但最终必须是你自己决定要吸取什么经验。"

从他的表情，我看出来他还是懵懵懂懂的。毫无疑问，对于年轻人来说，我们光说还不行，还得举例子才能使他们更明白。

这时，高速公路渐渐靠近一条穿过大峡谷底部的河流。河两岸，安第斯山脉的岩层显得奇形怪状。有一块特别的石头引起了我们的注意。这是一块立在坡顶上的细长石头，直指青天。路边的一块指示牌上写着："上帝的手指"。

我边笑边想，那些人肯定是急着赶在当地人想出其他类似的名字之前，给这块石头贴上一个神圣的标签。

对我而言，我觉得把它想象成上帝指向人类的手指更形象些，正如米开朗琪罗所做的那样。接着，我想到了一个例子，可以用来解释我先前所说的话。

　　"经验，"我说道，引起了我朋友的注意，"就像一张地图。很不幸，这张地图关于未来的部分尚不完整。这就是为什么每天你都必须去证实那些被证明是正确的推测，然后抛弃那些没有经过验证的。"

　　"那直觉呢？"小王子穷追不舍地问道，这让我明白，车里没人会表扬我那么快就找到个例子来解释。

　　"直觉就是你对某个人或某件事的第一印象。通常，它都是正确的。可悲的是，我们的社会过度注重理性的推理，这种推理虽然在科学上很有用，但进程比较缓慢，也很难用来处理与人相关的事。相反的，直觉是瞬间产生的，哪里都有用。"

　　"我觉得我的花直觉很敏锐，"小王子评论道，"我还没说话，她就知道我要说什么了。也许这就是为什么人类和花常常不能互相理解。"

十五

公路沿着浩淼的湖水穿过一片松树林，蜿蜒向前。我愉快地开着车，每一次换挡，马达就会发出呜呜声，好似一阵战栗顺着我的脊梁骨蹿上来。就在这个特别的时刻，男孩冷不丁地开口说话，像春天里的飞雪，让我猛地一惊。

"你一直在跟我谈论那些严肃的人，"他说，"那你对他们还知道些什么？"

"知道一些事吧。"我嘟哝着说，同时无奈地意识到，跟他解释说他刚刚打断了一段无与伦比的汽车交响乐是徒

劳的。"毕竟，我自己也面临着变成那类人的危险。"

"是什么使你没有变成那类人呢？"小王子问我。像往常一样，他的问题一针见血。

"我发觉我周围那些严肃的人都很成功，也被人尊敬，但我知道，他们中间没有一个人是真正快乐的。"

"你不会是要告诉我，秩序和规矩使他们不快乐吧？"小王子很惊讶地说。

"不，"我回答道，"但是那些喜欢秩序的严肃的人，在大多数情况下，都讨厌那些出乎意料的和所有他们不能控制的事情。然而，他们控制欲越强，就越不快乐。他们喜欢生活在一个在既定的、可预测的轨道上运转的世界里，那是一个平淡无奇、缺乏魅力的世界。最轻微的改变也会使他们生气或担心。不巧的是，我们的现实世界千变万化，因而他们总是会生气或者担心。"

"你让我想起了一个点街灯的灯夫，他被他的例行工作牢牢地困住了。"小王子说，"当他的星球开始运转得更快时，黑夜就降临得更快，他的工作就变得苦不堪言。"

"嗯。"我继续说道，"即使这些人获得了无数奖牌和证书，他们度过的一生也只不过像他们的讣告一样，绚丽而短暂。没有人敢加上这样的脚注：虽然他们拥有很多，但是他们不快乐。上帝以一颗飞逝的陨星在苍穹顶上书写他们应得的墓志铭。"

"没有人会为做一丁点儿转瞬即逝的火花而感到骄傲。"小王子评论说。

"对，没人会那样。"我附和道，又加了一句，"他们就像一束很快熄灭的小火苗，像被时间长河淹没的萤火虫。"

"还有一些人，"我继续说道，"当他们不得不面对现实，但又不愿放弃理想的时候（像严肃的人一样），他们会不顾一切地维护他们的理想，为此他们在自己周围竖起一堵墙，而那堵墙的作用却只是使他们自己的心灵窒息。有时候，那堵墙建造得太完美，没有丝毫裂痕，连他们自己都走不进去。于是，他们就像没有灵魂的木偶，像不知道自己身为何物、从哪里来或者要到哪里去的幽灵一样，只能待在墙外。他们的世界渐渐变得漫无目的，随着时间的流逝，最终像一颗消逝的彗星一样，逐渐冷却，了无生机。"

"我不想变成一颗消逝的彗星。"小王子说道，然后又问，"什么是幽灵？"

"幽灵是一幅没有内容的图像，一个剪影，一个没有实质的表象。"我接着说道，"有人认为幽灵不存在。我却认为这世上有幽灵，而且无论我走到哪里，都有很多幽灵。对我来说，幽灵是一些没有心的人。"

"我也不想做一个幽灵。"小王子说道，越来越清晰地意识到成长的艰辛。

"那样的话，你就不能违背自己的愿望，也不能把愿望锁在你心里，否则它们会在渴望中死去。要试着将现实和理想结合起来。无论做什么事，都要尽自己的全力去做，以此显出自己的精神；同时，无论对谁，都要尽全力去爱，这样他或她就会以同样的爱回报你。你会发现，这个世界就像一面镜子，它反射给你的，要比你付出给它的多很多。因为让你的脸上保持微笑的唯一方法就是持续微笑，维持爱的最好的方法就是付出爱。有时候，你会发现你处于两个世界之间：一个是以自我为中心的世界，即孩童时的世界，而另一个是向别人敞开的世界，即成年后的世界。这时，你就必须摆脱自己的怪念头，放弃严格的规则并改掉自尊自大的毛病，坚信自己可以捍卫你那至高无上的原则。爱自己，才能爱他人。珍爱你的梦想，才能用自己的梦想建造一个温暖而精彩、到处有微笑和拥抱的世界。这就是你梦寐以求的世界。它将会运行在一个多彩的轨道上。如果你真的相信它的存在，如果你每天一点一滴地建造它，那么那个世界终将会为你建成。它将是对你的功劳的回报，因为我从来没有见过一个人可以完全心安理得地享受自己不应该得到的幸福。只有真正懂得爱的人才是星星，就算他们离开了，他们的光芒还会长久地照耀着我们。"

我注意到小王子说话时带着炽热的情感，他饱含深情地说：

"当我死时，我要做一颗星。教教我，怎么生活才能变成一颗星。"他紧紧地抱着自己的狗，把头靠在车窗上。

"我没有特别的方法可以教你。"我和蔼地回答，"因为我不是星星的老师。我所能做的就是教给你一些我从自己的生活中学来的东西。我的这点真理，就像所有的真理一样，只有通过爱才能传递。但是你，跟我们所有人一样，内心具备爱的能力，这就足够了。当你感到疑惑时，要从你的内心寻找答案，而且如果你足够耐心的话，你就一定会找到答案。"

但是他已经不在听我说话了。也许他已经发现，在梦乡里，每个人都是王子，每个人都是星星。

十六

那天晚上，我们住在湖边的一个美丽的小旅馆里，四周环绕着森林。旅馆是用木材和石头建造的，屋里有壁炉，炉火已经点上了，令人感觉非常愉快舒适。每个房间都用墙纸装饰，墙纸的图案和颜色与房间的名字很相配。我们的房间叫"牧场"：墙纸是嫩绿色的，上面有些野花野草。旅馆规定，翼得独自睡在一个舒适的小隔间里。我知道，对我的朋友来说，跟小狗分开哪怕是一晚上，无论是从行动上和情感上，都不是一件容易的事。

我们下楼去吃晚饭的时候，又遇到了中午吵吵闹闹的那家人。见到他们，我一点儿也不惊讶，因为这个地区就那么几家旅馆。当然，我们的出现，像上一次那样，又引起了全场骚动。这说明那句谚语说得很对："无论你做什么，都不能让每个人对你满意。"但是，整顿饭那家人都显得闷闷不乐，也许是因为大人和孩子都累了吧。然而，他们一家人之间露骨的争斗行为和难以抑制的暴力倾向令我们开始感到不自在。最小的孩子不开心地哭着。另外一个被罚不能吃饭；第三个孩子被迫吃掉盘子里的鱼，显然，他不喜欢吃鱼。另外两个孩子两眼紧紧地盯着盘子，不敢替他们兄弟受到的惩罚抱不平。这场景深深地影响了我的朋友。他还不习惯家庭内部的争吵，因此连饭也吃不下了。他接下来的行为成为这次旅途中又一个爱的奇迹。他从桌边站起来，像抱一个白得耀眼的婴儿一样，把翼抱出来，当礼物送给了小朋友们。孩子们快乐得眼睛都亮了，纷纷伸出手去抚摸翼。小王子的举动和态度是如此感人，以至于孩子们的父母不知道说什么好。最终，当他们决定做出

反应，拒绝这个礼物的时候（毫无疑问，他们说了很多巧妙的理由），翼已经无法跟孩子们分开，成为他们家的一员了。他们只好眼巴巴地看着我，好像我是小王子的父亲一样，应该通过我的准许，小狗才能作为礼物送出去。我微笑着点点头，事情就这么定了下来：第二天，他们家就是八个成员一起坐车旅行了。

此后，餐厅里又充满了欢声笑语，我的朋友也能好好地享受美食了。期间，孩子们不时向我们打招呼，哈哈大笑，而翼也汪汪地发出快乐的叫声。它现在有五个小主人一起玩，非常心满意足。

"你这么做真是太棒了，尤其是早晨他们还取笑了你。"我一边说，一边观察他的反应。但是他回答我说：

"你让我明白，早上我的外表引起了他们的兴趣，而孩子们没有错，那只是他们的自然反应。无论如何，我再也受不了这种紧张气氛了，于是就有一种消除这种压抑气氛的冲动。当我最需要快乐的时候，翼在我身边陪着我，给我快乐。现在是时候让它把快乐带给其他人了。"

经历了这样一个令人欣慰的场面后，我们第二天的行程就要结束了。我再一次感到，小王子一个简单的举动胜过了我所有的语言。

十七

　　饱饱地睡了一觉之后，我醒得比平时晚了些。我朝小王子的床看去，可他不在那里。我拉开窗帘，看到他一个人站在河边，像那湖水一样，静静的纹丝不动。迎着清晨的第一缕阳光，薄雾像小孩子口中慢慢融化的棉花糖一般逐渐消散了。眼前的景色到处弥漫着一片宁静、祥和的气氛。吃完早餐后，我们再次踏上行程。出发前，我们注意到那吵吵闹闹的一家人的车已经不在了。我们行驶在一条两边种满了南洋杉、云杉和冷杉，树木成荫的土路上。开了约十五分钟，我们终于来到森林的尽头。突然，小王子喊了一声：

　　"请停车！"

　　"怎么了？"

　　"请你停车！"他又说了一遍，显然非常伤心。我一停车，他就马上冲了出去，一言不发地快步走到森林里约二十米左右的地方。"原来是想解手啊！"我心里想，大大地松了口气，觉得很奇怪，我的朋友怎么会这么着急要

解手。

　　但是，我很伤感地发现，小王子并不是想解手才急着让我停车的。上次，他刚抱回小狗，朝我走来时，眼睛里闪耀着光彩，而这次，因为失望，他满脸痛苦。他轻轻地把翼抱在怀里摇晃着。

　　我不能理解，为什么会有人舍得把这么可爱的小家伙丢弃？

　　翼呜呜地哀号着、颤抖着，极为恐惧，拼命地舔着小王子的手和脸。很显然，再次见到我们，它高兴极了。

　　"不可能是孩子们干的，"我委婉地说，试着弄清楚我的同伴对这样无情的举动是怎样想的。"我想不明白，为什么他们不把它留在小旅馆里呢？那样，它还能回到我们身边。说几句感谢或者道歉的话，就足以使我们满意了。"我说话的时候，小王子一直沉默不语。

经历这一系列变故之后，小狗已经精疲力竭了。因此，当我们再次出发的时候，它在小王子的腿上睡着了，而小王子还不停地爱抚了它很长时间。

我们再次驶离了峡谷，眼前的景色又变得荒芜起来。在这人迹罕至的辽阔空间里，我们又开始反省自己。

我们都不敢打破沉默，仿佛我们都不知道，在这样的场合说什么话合适。最终，我开口说道：

"我们应该庆幸翼还活着。让我们宽恕他们的所作所为，继续前进吧。"

小王子好像根本没有听到我说的话，继续沉默着。他看上去很悲伤，郁郁寡欢。过了很久，他才说：

"我也抛弃过一朵花。我无法原谅自己曾经对她不理不睬，让她自生自灭。我也为自己曾经怀疑我朋友的好意而内疚。我还为此责怪，至少部分地责怪，那棵野草。"

此时，我才明白，小王子为什么总是沉浸在过去，无法自拔，为什么他灿烂的笑容失去了光彩。

"困境阻止了你前进的脚步，使你无法快乐起来。"我觉得自己的分析很有说服力，就说道，"听着，我要告诉你快乐的秘诀。"

"你知道秘诀？"小王子瞪大了眼睛，无法相信自己此时此刻就要知道人类寻找了几个世纪的答案了。

"嗯，我想是的。"我知道，在这种情况下，让人觉得我听起来非常自信，要比假装谦虚有用得多。"虽然我没有解读过古人的手稿，也没有踏入过遥远的金字塔里禁止进入的密室，但我相信，就像世上所有的真理一样，这个真理也是显而易见且简单明了的。"

"请告诉我这个秘诀吧？"小王子乞求道。

"就像这样。"我开始说道，"只要你关爱他人，原谅他人，你就会变得快乐，因为这样你也就会被爱和被原谅。不会爱他人，你就不能原谅他人，因为你对他人的体谅程度取决于你爱他人的程度有多深。但是如果你不先爱自己，原谅自己的话，你就无法去爱别人，也无法去原谅别人。"

"知道自己的缺点之后，人们还怎么能自爱呢？"小王子反问道。

"就像我们了解了他人之后，仍然能够爱他们一样。等着出现一个完美的生命再爱它的那些人，备受幻想和妄想症的折磨。最终，他们就不爱任何人了。因此，要爱自己，并且原谅自己，这样就足够让你有愿望使自己变得更好，而且也让你接受这样一个事实，那就是你已经尽力了。"

"要是我没有先经历过爱，我怎么会知道我真的在爱呢？"小王子很有逻辑地问道。

"当你更重视别人的幸福时，你就懂得真正地爱人了。真爱是不被束缚的，是自由的。爱不是用来满足自己的需求的，而是专注于为他人谋福利。"

"我还是觉得很难理解，如果没有体会过爱的滋味，我又如何能够给予他人同样的爱？"小王子坚持己见。

"你说得很对。有时候，我们人类很幸运，可以享受到父母无条件的爱。有时候，通过冥想，我们会意识到我们拥有不朽的灵魂，而且我们也可以凭直觉感知造物主的爱。有些人读过福音书之后，认为耶稣绝对至善至美地爱着全人类，牺牲自己的生命，把我们从死亡的恐惧中解救出来，让我们明白自己是性灵的生命，正在承受一次人性的体验。还有些人从智者的言语里发现他们绝对同情所有的生物。如果你真的想寻找爱，你会找到爱你自己的理由，你也会发现你是这世界上独一无二的、不可思议的生命。"

我说得很自信，我的话充满了激情。我知道没有什么比治愈一颗受伤的心更困难，同时也更崇高的了。小王子屏住呼吸、恭恭敬敬地听我讲话。

"我们必须向孩子们学习。"我继续说道。"他们很快就会原谅别人。因为若不是这样的话，人生将会是一连串没完没了的仇恨和报复。话说回来，你做了什么罪不可赦的事，要这样自责呢？就因为怀疑别人？就算是圣人也有过怀疑的。接受自己的错误，并且相信上帝的仁慈，因为上帝已经原谅你了。如果你怀疑上帝的存在，那就问问你自己，要是你不原谅自己，能得到什么？此外，你做得很对，按自己的心意，来这里寻找你那飞行员朋友，要问他为什么给你一个小羊可能住不下的盒子。"

小王子还是不说话。他半闭着眼睛，静静地坐着，甚至也不抚摸翼了。

"我还认为你不应当由于疏于照顾你的花儿对自己太苛求。花儿总是在夏末凋谢，在春天重新发芽。可能是花儿自己用微妙的方式让你远离她，这样你就看不到她的花瓣皱起来，然后凋谢了。"

我感到小王子在全神贯注地听我说话，仿佛他的生命由我的一字一句来决定。

"你离开了自己那个小世界，这是事实，但那是因为你要去探索一个更大的星球。你要知道，每做出一个选择，就意味着放弃一些其他的东西。每次变化都代表着我们必须丢弃一些东西：这是成长和进步的唯一方法。不是没有痛苦，但是我们知道只有这样我们才会拥有更丰富的经验。渐渐地，我们放弃了多余的东西，而只把最重要的留下，就像朝圣者们一样，在去朝圣的路上，他们会弄清楚什么重要，什么不重要。"

在一种似乎不受我意志控制的学识的引导下，我毫不费力地说着这些话。

"至于那棵野草，你不要忘了你本来就打算把她拔掉的。出于成见，你觉得所有的野草都是有害的，因为她们会侵占人类和花朵的生存空间。但是，难道你可以说这棵野草，她的存在本身就会造成伤害吗？肯定不是，因为她只是完成她既定的使命，那就是做一棵野草。所以当她的生命受到威胁时，她设法不惜一切手段地活下来，难道我们就可以因此而责怪她吗？"

这次，小王子用惊奇的眼神看着我，但他还是一言不发。

"我认为事物本身没有好坏。它们的好坏取决于我们的需求或者使用它们的方式。但是，要我做选择的话，我要说，既然上帝创造它们，它们想必总有好的一面。上帝创造了万物，茫茫宇宙中存在的很多事物、发生的很多事件定有其意义，对此，我们很可能还没有完全弄明白。难道野草的存在就是为了让我们把她们拔掉，防止我们变懒吗？难道世界上有痛苦是为了让我们学会爱并且珍惜幸福吗？难道我们憎恨他人是为了体会原谅的快乐吗？事实是，没有遇到过困难，我们就不可能提升自己，认识真实的自我。只有在最关键的时刻，我们才能发现自己最好的一面。"

我深深地吸了口气，不再说话，继续安安静静地开车。我们都需要时间来酝酿自己内心深处对宽恕的需求和渴望。

有些人觉得宽恕别人是他们给别人恩典，但事实上，从宽恕中受益最大的其实是他们自身。这真是一件自相矛盾的事。那些心怀负面情绪的人总是自己深受其害。所以，当我们不原谅他人，妒忌和憎恨他人时，我们伤害的首先是自己。

就在我刚想起一些禅语时，一只野兔突然穿过了马路。

"伤害我的人反而会得到我出于爱而给予他的保护。他的罪越深，从我这儿得到的好处就越多。"

十八

正午时分，我们来到了一个小镇。这个小镇以豪华旅馆和会议中心闻名。商人、艺术家以及其他人到此地聚会，可以促进这个地区旅游业的发展，并且帮助宣传当地的景观名胜。我们在这里停车吃午饭。当我们朝餐厅走去的时候，透过开着的门，看到会议大厅里聚满了人。我们朝讲台那儿漫不经心地扫了一眼，惊奇地发现那个站在讲台上演讲的人，不是别人，正是我们前一天遇到的那家人中的父亲，虽然我们并不知道他要竞选什么职位。他作为候选人的演讲快要结束了。当他说："……相信我，我不会让你们失望。"这话令我们大为震惊。

演说结束后，他看到了小王子那清澈锐利的目光。我竭力控制住自己想公开戳穿他的冲动。我没有告诉大家，就在今天早晨，他抛弃了一只无助的小狗，令我们失望透顶。

我厌恶地看到，那个男人的脸上既不显得内疚，也不感到羞耻，也许是因为他毫无人性吧。

但是小王子的脸上没有一丝怨恨和不愉快的表情，只有任何阴影都无法掩盖的光芒。

　　我们决定赶快去饭厅，生怕那礼貌的掌声会把那些饥肠辘辘的听众从昏昏欲睡的状态中吵醒。

　　我们刚要开始吃的时候，那个男人走了进来。他一看到我们就马上朝这边走来。看到他过来，我很紧张，也很奇怪他怎么还有勇气面对我们。

　　然而他却显得平静而自在。他微笑着走向我们，把一只手放在小王子的肩上，说道：

　　"昨晚，你真是太大方了。我很能理解你后来会为自己的冲动而感到后悔。那只狗真的很特别，但我不得不说，

今天早上找不到它时，孩子们觉得非常失望……"

"我不明白……"我一边说，一边很快地瞥了小王子一眼。他无动于衷地、安静地坐在那里。"你是说孩子们找不到它？"

但是那男人没搭理我，继续说道。

"只要你留张纸条，表明你很爱那只狗，那么我跟孩子们解释起来会容易一点……"

"请听我讲一句。"这次我大声地说道。我不明白为什么这个男人好像在表示他理解我们，原谅我们，而事实却正好相反，应该是我们对他表示理解和原谅。"我的朋友根本就没有什么可以后悔的事。今天早晨，你们走了之后，我们在树林里找到了那只狗，我们以为……"

"我们抛弃了那只狗？"那位父亲说完了我不敢说下去的话。"丢下那只漂亮而无助的小狗？你们怎么能把我们想得这么不堪呢？"那男人气愤地说道。

大家都尴尬地沉默着，我也不知道该说什么。那男人接着说道，"可能你们看到我对我的孩子们很严厉，但我不是个没感情的人。我一直都尽力做到正确与公正。我只是认为有点规矩总比没有限制要好。"

想了一会儿，他又说：

"我不知道发生了什么，唯一的可能是晚上那只小狗开了小房间的门，出去后，就在树林里迷路了。"

他转向小王子说道："你知道吗？库瓦兹犬是好动的犬种。你能找到它真的很幸运。"

我还是无话可说，就像一个小孩，做错了事被人发现，不会说话了。

"我得走了。祝你们旅途愉快。"那男人说。就在他要走开的时候，小王子开口问道：

"孩子们在哪里？"我的同伴问。

"他们在三一〇和三一一房间。他们肯定很高兴见到你。"他扭头说了这句话，就往大桌子那边走去。很多人正等着他，要为他取得候选资格庆祝呢。

即使我认识小王子才没几天，我也可以猜到他会做什么：他的高尚品格会战胜他对翼的喜爱。

几分钟之后，三一一房间的门打开了。一片孩子们的欢呼声，夹杂着翼的快乐叫声，再次充斥了整个空间。翼重新回到了那五个吵吵闹闹的小主人身边。

下午，我一边开车一边下定决心：下次存有疑问的时候，要把人往最好处而不是最坏处想。现在，我发现我已经不在乎他人让我失望的次数。因为既然我已经决定，要相信下一个遇见的人将值得我付出爱和信任，我就变得更加快乐了，而且我也觉得这个世界因此变得更加美好。

对他人保持积极的想法，对形势持乐观的心态，事实就会朝着有利于自己的方向发展。同理，无论我们做最好的还是最坏的打算，现实像是要取悦我们一样，总是向我们预测的方向发展。也许这就是为什么这句谚语说得很正确："无论你认为自己成功与否，你总是没错的。"

我朝小王子看了一眼，他显得很平静。整个早晨，我没有听见他说过那家人一句坏话。

我想当然地认为孩子们不会做那种事，所以我盲目而草率地立即责怪那位父亲。更糟糕的是，当我看到他在演讲台时，我意识到自己没有原谅他，这点完全不符合我先前关于宽恕的那一番解说。

一时间我有一种感觉，那就是小王子从一开始就对我解读的"事实"感到怀疑，但是他没有阻止我。可是，我马上摒除了这种想法。这时，小王子咧开嘴，露出一个浅浅的天使般的笑容。

不久，我们又上了高速公路，在峡谷中蜿蜒穿行。我们很快就能进城了。我的朋友——一对夫妇正在那里等着我做他们第一个孩子的教父。

　　第三天，小王子几乎没有说过一句话。他会听我说，然后自己陷入沉思。他想要汲取我所有的经验，仿佛预测到我们的旅行即将结束似的。

　　"请给我讲讲快乐和爱吧。"他突然请求道。

　　"这话题可大了！"我叹了口气说，"关于这个话题，我要讲的可能比《一千零一夜》中山鲁佐德讲的故事还要长得多。我会设法让你了解拥有爱和快乐的生活，以及两者都没有的生活，这样你以后就能找到自己生活的方向。经验，"我开始说道，"教会我没有爱就没有快乐。这里的爱是指我们对生活要始终如一地抱有热情，对我们的感官所感受到的一切，不管是颜色、动作、声音、气味还是形状，都要永远充满好奇。"

　　"你是说，"小王子问，"我们做每件事都要投入爱？"

　　"正是如此。"我答道，"而且还要融入激情，无论是干工作，搞艺术，建立友情，做运动，行善事，或者制造浪漫都是如此。快乐，"我继续说道，"也是一种平衡。要达到这种平衡，就需要满足人类的很多需求，从最基本的需求，例如食物、住所，人与人之间的亲近和相互激励，发挥创造性，获得认同，促进生产力发展和变革，再到更高级一点的需求，比方说追求卓越、爱、无私和生命的意义。只有我们的智慧才能根据你自己的意愿很好地满足你的这些需求。"

"我怎么知道自己成功与否呢？"小王子问。

"快乐，"我解释给他听，"不太像是火车可以到达的那种终点站，它不是人追求的终极目标，而是一种旅行方式，也就是说，生活方式。"

"火车？……"小王子问。

"这不是一种消极的态度。"我没搭理他的插话，继续说道。"相反，我们需要专注地日复一日的努力才能获得并增加快乐。"

"为什么你总喜欢先说某事物不是什么？"小王子抱怨，"要是说话不这样开头的话，你就可以节省一半时间。"我还没来得及说一下这个充满矛盾的现实世界，小王子就坚持问道：

"什么是火车？"

"几节由同一个机车牵引的车厢，在我们称之为铁路的两条轨道上行驶。"我简洁地答道，设法不说"火车不是什么"。

"如果我们的车很难离开高速公路行驶的话，"小王子评论道，"那么火车肯定也是不可能偏离轨道的。"

我默认了他凭直觉下的结论。

"在这个星球上好像很少有自由。"小王子总结道。

看起来，开始谈论自由意志这个问题是不可能有结果的，所以我回到了上一个话题。

"要快乐地生活，我们就需要捍卫自由，以及生命、道德、自尊、忠诚和和平。为了活得更好，每个人都必须履行这个义务。这也是我们对待自己和他人一种诚实态度。"

"'活得更好'是指什么？"他问。

"活得更好是指充分发挥生活的能力，以吸引那些可以丰富我们的情感、物质和精神的事物。"

我努力克制自己，不再继续说下去，没有向他解释：活得更好的反面就是勉强生存，也就是说，靠一点点东西活着。谈到这个会让我觉得我的自尊心受到伤害，所以我点到为止，不愿意多解释，即使这么做会使小王子不能充分理解我的话。

"听起来，你好像需要很多东西才可以活得快乐。"小王子说。

"其实不是这样的。"我马上反驳他，"快乐源自于生存而不是源自拥有，它源于承认和欣赏我们已经拥有的一切，而并非源于试图获取我们还没有的东西。很多时候，我们缺乏的东西就是我们快乐的源泉，因为这样的话，其他人就有机会填补我们所没有的东西。如果我们非常完美，拥有了一切，那么我们怎么能和其他人相处呢？有人曾经说过：在夜里，让我们保持温暖的不是我们的刚强，而是自己的脆弱，那使他人产生保护我们的欲望。"

我们俩都沉默了一段时间。看到我这位年轻的朋友很感兴趣地听着，我就继续说了下去。

"关于爱，我们刚才说得最正确的一点就是：我们通过爱别人来学会爱。我们都有充分的能力付出爱。一个简单的举动或是一个微笑都是爱的表现，它可以使付出的人和得到的人都感到充实。"

"我想，要是这个星球上的人见面时都会微笑着打招呼的话，它会变得更美好。"小王子说。

"真爱，"我接着说，"就是忘我地、全心全意地为他人谋福利。有了那样的爱，那种可以接受一切，宽恕一切的爱，世上就没有做不到的事。如果他人本来怎样，我们就怎样对待他们，那么他们就会一直保持原样；但是，如果我们对他人有所期待，并按照我们心中他们的样子来对待他们，那么他们就会最终完善自己。这种无私的爱可以使万物都变得更加美好。没有人和事可以对这样的爱无动于衷。"

"即使有如此伟大的爱，你也不能解决所有问题。"小王子说。也许是他想起了他的花儿还留在那座遥远的小行星上，还有两座即将喷发的火山，这让他产生了思乡之情。

"但是不要忘记，你总能做点什么，"我说，"爱就是永远不放弃去爱。如果你唯一拥有的只是爱的能力，那么你就会首先发现，其实只要有爱就足够了。"

"要是没人爱肯定很可怜。"小王子评论道。

"要是没有能力去爱的话更可怜。"我补充道，"有人认为仇恨是一股强大的与爱对立的力量。我认为世上最悲哀的事莫过于我们不再爱了。没有爱的世界就是地狱。"

"要是你犯了错误，在你的爱中失败了，会怎么样？"

"我认为错误不是失败，因为我们可以从错误中吸取教训。唯一的失败就是你不再以新的、有创意的方式不断尝试。因为如果你只是一遍遍简单地重复你以前已经做过的事，那么你得到的结果永远都是一样的。因此，你永远不会在爱中失败：唯一的失败就是不去爱。"

"我怎能知道哪些人值得我的帮助和爱呢？"小王

子问。

"我们经常只帮助那些应该得到帮助的人们。这是个极大的错误，因为我们要做的就是去爱，而不是评判他人的价值。而且评判他人的价值是一件极其困难的事情。就像对待宽容一样，爱得最多的人就是最富有的人。不管怎样，上帝给每个人的爱都一样，那么为什么我们要讨厌某些人而偏爱另外一些人呢？我们应该怜悯那些利用你的善良的人。最后，"我说，"如果你一生都在寻找人类至善的一面，那么你最终会发现，它就在你内心深处。"

"难道对死亡的恐惧，"小王子突然问道，"不会让你感到不快乐吗？"

"很多人都担心他们生命的终点。与其这样，还不如努力地生活，让自己活得充实。我相信没有一个人是完全浑浑噩噩的，我们都会走到生命的尽头，但是如果有一天我们都要接受审判，毫无疑问，审判的问题会是'你爱过多少？'，没有人会盘问我们'你得到了多少？'，相反，他们会问'你为他人付出了多少？'。表面上的辉煌不重要，真正重要的是我们所付出的。"

我停顿了一小会儿，带着难以抑制的情感继续说道：

"你知道吗？爱甚至比死亡更强大。我的一个兄弟喜欢飞行。他的飞行章有很多颜色。人们说他死了，但是他仍然活在我们心中。从那天起，我开始相信，真正死去的人是那样一些人：他们从来没有爱过，也不再渴望去爱他人。"

十九

　　我们到了市郊，我的朋友们将在那里等我。但是没有人会等小王子，即使在他自己的星球上也没人等他。想到这个，我很难过。于是，我请他继续跟我待在一起。

　　"生活一直很厚待我，"我说，"我非常乐意在你需要帮助的时候帮你一把。"

　　"谢谢你，"他回答道，"但是，你已经为我做了很多……"

　　就在我们快到市区的时候，红灯亮了，我们停了下来。一个流浪汉朝我们走来，向我们伸出手乞讨。小王子摇下车窗，我们闻到了一股刺鼻的酒气。

　　"你有钱吗？"这位年轻朋友问我。

　　"我想我没有零钱了。"我说。

　　"那你有多少钱都给我吧。"他坚持道。

　　"你确定？"我疑惑地问，同时试着把卡在裤子后袋里的钱包拿出来。"他肯定会把这些钱全部用去买酒的。"

　　这时，绿灯亮了，后面的车示意我们往前开，但那个流浪汉还是靠在车窗上不走。

"把车开到边上，让后面的车先走。"我的朋友要求道。我发现自己又一次无法拒绝他的要求，就好像他的要求都来自心灵深处。"不久以前你告诉我，不论谁需要帮助，我们都要帮助他。你看，眼前就有一个需要帮助的人。"

"我认为，对这个人来说，钱解决不了他的问题。"我说道，尽管我通常都会不假思索地帮助他人。

"酒也许能减轻他的问题，"他说，"除非你想听他的故事，弄清楚你如何能够真正地帮助他？你知道，"他突然说道，一个新想法启发了他，"我觉得这真是一个好主意。我要在这里待一晚。也许我能为他做点什么，而且如果我帮不了，给他一点关注和陪伴也没什么不好的。"

"但是你不能待在这人行道上。你连他是谁都不知道……"

小王子打断了我的抗议。"不要忘了，三天前，我也待在路边，而你却帮了我。这两者有什么区别？我们的想法不同吗？你自己也说我们必须跟着自己的想法走。你已经帮助过我了，让我也帮助其他人吧。你去找需要陪伴的朋友吧，我在这里比在你身边更有用些，我也许可以帮他一把。"突然间他好像想到了什么，又说，"明天黎明的时候你过来吧，我想和你说再见。"说完这些话，小王子关上车门，走过去和那个不知底细的流浪汉坐在一起。我犹豫着要不要开车走，很不情愿将他一个人留在那里，而他却朝我打手势，要我离开。

　　我一直想着小王子以及我们分开时的情形。小王子不太可能会跟那个流浪汉谈得拢，因为一旦某人走上自毁之路，就很难让他改邪归正。很可能那流浪汉会断然拒绝别人对他的帮助。但是，如果在这个具有纯洁心灵和清澈笑容的年轻人面前，世界上确实存在不可能的话，那么对于他来说，不可能的事也会变得简单。然而，他反戴着帽子坐在角落里，看上去和其他无家可归的年轻人没什么

两样。

晚会时，我和朋友们一起分享着快乐时光，而小王子就像不再引起疼痛的棘刺一样，渐渐地被我抛到了脑后。但是，在我即将睡着之际，我不停地将我睡的这张柔软暖和的床与坚硬寒冷的路面作比较。我的脑海中闪过要去找他的念头。我甚至已经离开了房间，但是我不应该违背他的话。我打开窗户，虽然风有点凉，但今晚还算是一个非常舒适的春夜。月亮的光芒难以亮过天上的星星。我抬眼仰望夜空，再次为巴塔哥尼亚繁星点点的星空感到震撼。即使是那些已经很多次看过星空的人，每一次驻足仰望，仍然会情不自禁地赞叹……

二十

我开着窗户，感觉似乎这样会离我年轻的朋友更近些。第二天一清早我就醒了。我快速穿上衣服，连早饭都没吃，就开车赶往昨天我们分手的地方。

当我看到小王子在和流浪汉像两个老朋友一样闲聊时，胃里翻滚的不适感便消失了。

"你好！"小王子一边说一边向我走来。他看上去很精神，好像他昨晚在铺满了玫瑰花瓣的床上美美地睡了一觉一样。

"你好！"我回答。然后我禁不住好奇，又说，"告诉我他的故事吧。"

"他是一个好人，一个大学毕业生，有一份收入不错的工作。在一次例行的身体检查时，他被查出患了癌症，已经是晚期，只能活两到三个月了。他感到绝望至极，所以放弃了手术。为了让他的家人从痛苦中解脱出来，他决定结束自己的生命。幸运的是，他没有勇气这么做，也没有懦弱到要自杀。他放弃一切，坐上第一列火车来到了这里。"

看到我惊讶的表情，小王子脸上露出了笑容，这表明我再一次错怪了别人，错误地判断了情况。

但是，他没有提醒他又一次发现我错了，而是继续讲这个故事。

"我整个晚上都在劝他，让他相信，他应该回家，接受家人的关爱，或许他还可以回报一点他们的爱。即使爱不是永恒的，但我们总能给予他人源源不断的爱。"

"的确如此，"这个故事深深地感动了我，"我听人说过很多次，一个人生命的最后时刻要比他先前所有的时间都活得意义。我认为时间不仅仅只有长度。如果我们把生命的每一天都当作最后一天来活，那将是多美好的一件事啊！我们会做多少事，同时拒绝做多少事啊！而且我也认识到，一旦我们掌握了自我们来到这个世界上要学习的一切，死神就会自动降临。"最后，我又问我的朋友，"那你现在要做什么？"

"我要陪他回家。只要他们需要我，我就会一直待在他们身边。不管什么时候，我们都不能否认出现奇迹的可能。"他微笑着说，然后向我眨眨眼，"你知道，有时候，诊断也不一定准确。"

说完这些话，他抱住了我。我觉得有一股电流传遍了我全身，每根动脉，每根神经，每个细胞都好像充满了新的能量。我有种飘飘然悬在空中的感觉。当他放开我的时候，我还处于震惊中，我也眨眨眼睛说："这是事实，我们永远都不能否认出现奇迹的可能。"

那个流浪汉现在看起来也很精力充沛。他那张邋遢灰暗的脸上露出了梦幻般的幸福表情。

他们离开时，我似乎觉得他们身上散发着崭新的光芒，照亮了这还在沉睡的城市。

突然间，我开始对一切都产生了不一样的看法。我觉得是小王子用那些他已经知道答案的问题引导了我。我才是那个不愿意自己心存太多疑问的人。是我，不愿意变成一个幽灵或者严肃的人。是我，应该爱动物胜过爱机器；是我，应该放下过去与未来，活在当下；是我，应该放弃追名逐利，专注于生活本身；是我，应该不再纠缠于生活的手段，让自己朝目标前进；是我，应该在关爱中成长，从而变得快乐。

小王子让我发现了他最美好的一面，所以，我就能够发觉自己最好的方面。

短短的三天竟然让我完全改头换面了，这真不可思议。

一件大奇事就这样悄无声息地发生了，因为爱的奇迹是如此的巨大而又简单。

喜悦的泪水模糊了我的双眼。该轮到我说声"谢谢"了，即便他现在已经走远，听不到我的话。但是，就在此刻，他转过身来，朝我笑了。即使隔了一段距离，他周身散发的光芒也亮得让我睁不开眼睛，我还看到整个宇宙都跟他一起微笑了。

后记

亲爱的读者，这就是我的旅行故事。我赶紧把故事写下来给您，这样，您就不会感到太悲伤。

现在，生活变得更加美好，我们也不需要太担心，因为小王子回来了，而且这一次他要生活在我们中间，我想您肯定也赞同我这个想法。

此后，我再也没有见过他。但是，每当我微笑或者给别人提供帮助的时候，我总感觉有人在向我挥手。如果被我帮助的那个人也微笑着向其他人伸出援助之手的话，这种风气就会传遍每个人。因此，当我想念小王子的时候，我就会挥挥手。我知道，他会感应到我的思念。同样的，自从那个清晨我最后一次见到他后，如果在我伤心时有人朝我微笑的话，我就知道，小王子对我微笑了，不论他在何处。

有时候，我路过公园时看到年轻人在玩，我会发觉自己总是试图从那群人中把他找出来。但后来，我想起了他的话："你不能因为寻找你的朋友而把自己跟别人隔离开来。"我明白我不应该执着于寻找他，因为只要我拥有爱心，我就能从其他人身上发现他的影子。

多少个漫漫长夜，我曾经从一个城市到另一个城市，从一个国家到另一个国家，寻找朋友，直到某个清晨，我发现那位朋友就在我的内心深处微笑着……

那是一个微凉但还算舒适的春夜。月光如洗，几乎难以掩饰夜晚星星的光泽。就在那个时刻，我意识到我应该看向天空。

突然，一件非常神奇的事情发生了。星星们好像在朝我微笑，微风吹过，它们发出五亿只铃铛般悦耳的声音。

我把这本书献给：

耶稣基督，光明的引导者。

我的祖母，玛丽亚·约瑟菲娜·米勒·德·科尔曼；

我的兄长，安德烈亚斯·克里斯蒂安；

我的朋友，胡安·安吉尔·萨罗巴和杰拉尔多·莱昂；
谨以此书纪念他们。

安东尼·德·圣－埃克苏佩里，因为他给我勇气以保持自己的纯真和心灵的纯净。

我的父母，多年来，他们付出的爱终于有了回报。

我的兄弟姐妹，亲爱的家人和朋友们，因为同他们分享快乐使我变得更加幸福。

我的老师和我旅途中遇到的困难，因为他们塑造了我的性格，让我发现自己的灵魂。

我的教子教女们，因为他们让我带着快乐和激情放眼未来。

小王子，因为他又有了一次体验快乐的机会，且没有拒绝它。

我深深地感谢所有教导过我的人。他们所说的话和智慧，在某种程度上，也许已经反映在这个故事里。经过如此多次的交谈、演讲、著书和出版，我已经无法分辨他们每个人分别做了什么，以成就我今天这样来思考问题和感知世界。我相信，感谢他们的最佳方式就是同其他人分享他们传授给我的那些教义，我曾经试着应用过它们，非常有效。那些教义和我自己的体验构成了我一天天地继续获得幸福和心灵进步的基础。